Minuit à Venise

CLARE CONNELLY

Minuit à Venise

Traduction française de
ÉLISABETH MARZIN

AZUR

HARLEQUIN

Collection : Azur

Titre original :
CINDERELLA'S NIGHT IN VENICE

HARPERCOLLINS FRANCE
83-85, boulevard Vincent-Auriol, 75646 PARIS CEDEX 13
Service Lectrices — Tél. : 01 45 82 47 47 - www.harlequin.fr
ISBN 978-2-2804-8405-3 — ISSN 0993-4448

Composé et édité par HarperCollins France.
Imprimé en mai 2023 par CPI Black Print (Barcelone)
en utilisant 100% d'électricité renouvelable.
Dépôt légal : juin 2023.

FSC www.fsc.org
MIXTE
Papier issu de sources responsables
FSC® C159065

Pour limiter l'empreinte environnementale de ses livres, HarperCollins France s'engage à n'utiliser que du papier fabriqué à partir de bois provenant de forêts gérées durablement et de manière responsable.

1.

— Oh ! mon Dieu !

Bea regarda avec consternation la tache de café qui se répandait sur le tissu blanc.

— Je suis vraiment désolée. Je ne vous ai pas vu.

L'homme – immense et très impressionnant avec ses larges épaules et son visage taillé à la serpe – arqua les sourcils d'un air contrarié.

— Manifestement, en effet.

— Je vous en prie, laissez-moi…

Elle chercha du regard quelque chose – n'importe quoi, vite ! – avec quoi éponger la chemise de l'inconnu.

— Je viens juste de faire le café. Il doit être brûlant. Vous avez mal ?

— Je survivrai.

En grimaçant, elle balaya une fois de plus le bureau du regard, mais il était plus de 18 heures et tout le monde était parti. Elle tira un mouchoir en papier d'une boîte posée sur un bureau voisin et frotta la tache avec vigueur, mais sa consternation s'accrut. Allons bon, des petits débris de papier blanc restaient accrochés au tissu souillé… Elle ne réussissait qu'à abîmer un peu plus la chemise, visiblement luxueuse.

Les doigts de l'homme se refermèrent autour de son poignet pour l'interrompre et elle fut envahie par une chaleur intense. Surprise, elle leva les yeux et regarda vraiment son visage pour la première fois. Mesurant près d'un mètre soixante-dix-huit elle était presque aussi grande que la plupart des hommes, mais celui-ci la dépassait d'au moins dix centimètres. Pourquoi son visage lui était-il familier ? Elle était pourtant sûre de ne l'avoir jamais rencontré. Si ça avait été le cas, elle s'en serait souvenue. La barbe naissante qui recouvrait sa mâchoire carrée ne semblait pas méticuleusement entretenue pour sacrifier à la mode, mais simplement naturelle. Ses lèvres étaient bien dessinées et ses pommettes saillantes. Ses sourcils, noirs et épais, mettaient en valeur des yeux gris spectaculaires.

Obéissant à un instinct familier qui la poussait à garder ses distances avec les hommes, Bea libéra son poignet avec une moue contrite.

— Naturellement, London Connection prendra en charge les frais de pressing.

L'inconnu leva la main pour réclamer le silence. Les joues en feu sous son regard pénétrant, elle recula d'un pas.

— Je ne vous ai pas vu.

Tais-toi, Miss Évidence… Elle réprima une mimique d'autodérision. Cette habitude de parler quand elle était nerveuse, elle y avait renoncé depuis longtemps. Du moins c'était ce qu'elle croyait jusqu'à aujourd'hui…

— Où est Clare ?

— Clare ?

Plissant le front, elle jeta un coup d'œil à sa montre. Oui, il était bien 18 heures passées… Son amie, la fondatrice de London Connection – une femme aussi estimée pour son sens des affaires que pour son désintérêt notoire envers les relations amoureuses –, sortirait-elle avec cet homme ? Elle n'avait parlé de rien, mais il y avait quelque chose de différent chez elle ces derniers temps. Peut-être était-ce l'explication ?

— Clare Roberts… à peu près de cette taille, cheveux châtain foncé ? Étant donné que vous travaillez ici, j'imagine que vous avez entendu parler d'elle ?

Bea plissa les yeux. Que prenait-il à cet homme de lui parler sur ce ton condescendant ? Il était tentant de lui répondre que non seulement elle avait entendu parler de Clare, mais qu'elles avaient partagé presque tous les moments importants de leurs vies. Toutes les deux plus Amy Miller. Les trois amies, depuis toujours.

— Nous avions rendez-vous et je n'apprécie pas qu'on me fasse perdre mon temps.

— Oh !

Cet oubli était un manque de professionnalisme inattendu de la part de Clare…

— Elle n'est pas là.

— Elle doit être là.

Il poussa un long soupir, visiblement exaspéré.

— S'il vous plaît, allez la chercher.

— La chercher ?

— Oui, parcourir le bureau jusqu'à ce que vous découvriez où elle se trouve exactement ?

L'homme parlait lentement, comme si elle avait du mal à comprendre ce qu'il disait alors qu'il parlait un anglais parfait. Bien que teinté d'une pointe d'accent exotique qui déclenchait en elle un trouble étrange… Mais Bea éprouvait surtout un embarras très familier qui lui nouait l'estomac. S'efforçant de l'ignorer, elle esquissa un sourire contraint.

— Clare a été obligée de s'absenter pour une affaire urgente.

Son départ inexplicable et précipité avait d'ailleurs quelque chose d'inquiétant…

— Puis-je vous aider, monsieur… ?

L'homme plissa le front, manifestement excédé.

— Vous devez faire erreur. Notre rendez-vous est programmé depuis des semaines. J'ai pris l'avion spécialement pour y assister.

Bea écarquilla les yeux. S'il disait vrai, le problème était vraiment grave…

— Oh !

— Oui, dit-il d'un ton sec en croisant les bras et en la foudroyant du regard.

L'atmosphère devint si tendue qu'elle eut toutes les peines du monde à ne pas perdre contenance.

— Comme je vous l'ai dit, une urgence de dernière minute a obligé Clare à s'absenter.

Elle indiqua la porte fermée du bureau de Clare, plongé dans l'obscurité.

— Si vous m'accordez un instant je peux essayer de la joindre ou de consulter son planning pour voir si…

— Cette situation est absolument inacceptable. Mon temps est trop précieux pour que je tolère d'être traité de façon aussi cavalière et que j'accepte des excuses de la part d'une secrétaire, ou d'une femme de ménage, ou quoi que ce soit d'autre. Je travaille avec Clare depuis très longtemps, mais ce contretemps est…

Bea avait l'impression d'être en train de se noyer. Elle n'avait rejoint London Connection que depuis quelques mois, mais elle savait à quel point cette agence de relations publiques était importante pour ses amies. Et pour elle ! Qui que soit cet homme, un client mécontent était la pire des choses. Cependant, elle n'avait pas l'habitude qu'on la traite avec un tel mépris. Certes elle était relativement nouvelle dans l'agence, mais elle avait été recrutée comme responsable du service juridique, alors qu'elle était associée principale dans un des cabinets d'avocats spécialisés en droit des affaires les plus réputés de la City.

— Très décevant, oui bien sûr, coupa-t-elle d'une voix calme mais ferme en soutenant le regard furieux de l'homme.

Avait-elle déjà vu des yeux d'un gris aussi lumineux ? Elle s'efforça d'ignorer le frisson qui courait le long de son épine dorsale.

— Malheureusement, m'accabler de votre mépris et de vos sarcasmes ne va pas faire avancer les choses, n'est-ce pas ?

La stupéfaction de l'inconnu fut flagrante. Ses yeux s'écarquillèrent et elle y lut une émotion impossible à identifier.

— Je ne…

— Si, c'est exactement ce que vous faisiez. Mais il n'y a pas de mal. Je comprends votre déception. Et je suis sincèrement navrée que vous soyez venu à Londres depuis…

Il resta silencieux.

— Quel que soit l'endroit d'où vous venez, il est normal que l'absence de Clare vous contrarie, reprit-elle en se dirigeant vers le bureau de son amie. Vous m'avez dit que vous travaillez avec elle depuis longtemps. Vous devez donc savoir que c'est tout à fait inhabituel de sa part. J'espère que vous pourrez fermer les yeux sur cette erreur rarissime.

— Je n'ai pas l'habitude de pardonner les erreurs, rarissimes ou pas.

Elle sentit son estomac se nouer. À en juger par son ton tranchant, il était très sérieux. D'ailleurs, elle avait senti chez lui ce côté intransigeant dès son arrivée. Quant à son accent… Au départ elle avait cru qu'il était originaire d'Italie, mais plus elle parlait avec lui plus elle penchait pour la Grèce. Un de ses pays favoris. Elle y avait passé un été pendant ses études et elle était tombée amoureuse du soleil, de la mer et surtout de l'anonymat dont elle avait bénéficié là-bas. Quand elle voyageait à l'étranger personne ne la reconnaissait comme étant Beatrice Jones, la fille de la légende du rock Ronnie Jones et du top model Alice Jones.

— J'espère que vous ferez une exception pour cette fois, déclara-t-elle en allumant l'ordinateur de son amie et en tapant son mot de passe. Asseyez-vous, je vous en prie.

Sans un mot, il la foudroya de nouveau du regard.

Elle serra les dents. Quelle arrogance ! Ce mufle commençait vraiment à lui taper sur les nerfs… Bien sûr, il était hors de question de manquer de politesse à l'égard d'un client, mais son attitude était intolérable ! D'accord, Clare avait commis une erreur qui ne lui ressemblait pas. C'était regrettable bien sûr, mais ce n'était tout de même pas la fin du monde.

— Voyons si Clare a laissé des notes, murmura-t-elle en prenant un stylo et en tapotant sur le bureau.

— Êtes-vous sûre que vous pouvez faire ça ?

Elle considéra l'homme avec perplexité.

— Je ne pense pas que Clare approuverait que quelqu'un accède à ses fichiers, poursuivit-il. Il y a forcément des informations sensibles dans son ordinateur, y compris des documents financiers. Quel est votre rôle exact dans la société ?

Elle cliqua sur l'agenda de Clare tout en s'apprêtant à répondre, mais le nom du rendez-vous de celle-ci s'afficha à l'écran. Et la laissa sans voix.

Ares Lykaios.

Autrement dit le client le plus important de l'agence. Un homme d'affaires multimilliardaire qui avait des intérêts dans des sociétés opérant dans tous les secteurs, depuis les transports et la logistique jusqu'à l'hôtellerie en passant par l'industrie textile, les télécommunications ou les jeux de hasard. Il était surnommé Gold Fingers parce que, comme la presse se plaisait à le souligner, tout ce qu'il touchait avait tendance à se transformer en or. C'était également un homme au sujet duquel Clare et Amy l'avaient mise en garde.

« Il est intelligent, exigeant, implacable et richissime. Au fond c'est sans doute un chic type, mais il attend un service irréprochable… et il ne supporte pas l'incompétence. »

« Si ton chemin croise le sien, ce qui est peu probable parce qu'il ne traite qu'avec Clare, fais tout ton possible pour le satisfaire. Nous ne pouvons pas nous permettre de le perdre. »

Bea jeta un coup d'œil à la chemise tachée et déglutit péniblement, de nouveau gagnée par la panique.

— Monsieur Lykaios…

Consternée par sa voix étranglée, elle se leva et s'essuya furtivement les paumes sur sa jupe crayon.

— Je me présente : Beatrice Jones, responsable du service juridique de London Connection. Permettez-moi de m'excuser de nouveau pour…

— Arrêtez les excuses, coupa-t-il, les yeux étincelants. Je ne suis pas d'humeur.

— Dans ce cas, laissez-moi vous offrir à boire, et quelque chose à manger, peut-être, pendant que je prends connaissance de votre dossier. Je n'ai pas l'expérience de Clare ou d'Amy, bien sûr, mais je suis sûre que je peux…

— Je n'ai aucune envie que mon dossier soit refilé à quelqu'un qui de son propre aveu n'a pas les compétences nécessaires pour gérer mes affaires.

— Monsieur Lykaios, ne vous méprenez pas, rétorqua-t-elle d'une voix tremblante d'indignation. Clare est absente aujourd'hui, mais elle s'implique toujours autant dans son travail. Comme Amy. Vous êtes entre de bonnes mains, je vous assure.

— Vraiment ? Ce n'est pas du tout l'impression que j'ai.

Ares Lykaios passa les doigts dans ses épais cheveux noirs en soupirant. Son irritation était manifeste, mais Bea ne put s'empêcher de remarquer que ce geste avait pour effet de plaquer le tissu de sa chemise sur son torse, soulignant ses pectoraux. Depuis qu'elle les connaissait, Amy et Clare la poussaient à s'affirmer. À expliquer à ses parents ce qu'elle ressentait. À parler de la souffrance qu'elle avait éprouvée dans son enfance et à ne pas se laisser faire par les associés qui se déchargeaient de leur travail sur elle tout en s'attribuant les heures supplémentaires qu'elle y consacrait. En fait, ses deux meilleures amies l'avaient toujours poussée à dire ce qu'elle pensait dans tous les domaines. De son côté elle avait toujours acquiescé avec le sourire, consciente que ces conseils étaient bien intentionnés, mais qu'elle ne les suivrait jamais. Pourtant, elle fut soudain submergée par une colère noire qui l'effraya.

Elle s'exhorta au calme. S'emporter contre le plus gros client de l'agence serait une très mauvaise idée… Même si, en raison de l'absence simultanée de Clare et d'Amy et de son propre manque de familiarité avec le fonctionnement de l'agence, la journée avait déjà été particulièrement éprouvante.

Redressant les épaules, elle indiqua de nouveau le siège libre en face du bureau.

— Je vous en prie, asseyez-vous et dites-moi quel est l'objet de votre rendez-vous.

— Ma chargée de relations publiques habituelle et moi-même devions discuter du lancement d'une opération à sept milliards de dollars au Mexique et au Brésil. Pensez-vous être à même d'entrer dans ce genre de subtilités, mademoiselle… ?

— Jones.

Elle réprima un soupir de soulagement. L'atmosphère était peut-être tendue, mais au moins il ignorait visiblement qui elle était.

— Eh bien, mademoiselle Johns…

— Appelez-moi Bea, je vous en prie, suggéra-t-elle.

Si elle voulait avoir le moindre espoir de désamorcer cette situation, il fallait qu'elle l'amadoue au plus vite.

Bea. C'était court, dissonant, désagréable. Pourquoi avait-elle choisi d'utiliser ce diminutif ? Ares réprima un soupir. Il avait un comportement odieux, il fallait bien le reconnaître. De toute évidence, cette jeune femme séduisante n'était pas loin de perdre patience. Or, il s'en moquait, ce qui était révélateur du genre de journées – ou plutôt de mois – qu'il était en train de vivre.

Toutefois, « Bea » avait raison sur un point. Il s'était adressé à Clare Roberts quelques années plus tôt, environ trois mois après la création de son agence de relations publiques, et il n'avait jamais regretté sa décision. Il avait été témoin de l'essor constant de sa société et toujours très satisfait du travail admirable qu'elle avait accompli pour lui. N'avait-elle pas mérité qu'il se montre conciliant ? Oui, sans aucun doute. Malheureusement, le moment ne pouvait pas être plus mal choisi…

Le téléphone d'Ares se mit à vibrer dans sa poche de poitrine.

— Laissez-moi juste quelques minutes et je vais vérifier si Clare a…

Il leva la main pour réduire Bea au silence et réprima une moue de dérision devant sa mine contrariée. Décidément, il ne cessait pas de lui donner des raisons de le considérer comme le dernier des mufles…

— Lykaios, aboya-t-il dans son téléphone.

— C'est Cassandra.

Il ferma les yeux, l'estomac noué. Encore la nurse qu'il avait engagée pour sa petite nièce… La dernière fois qu'elle l'avait appelé c'était pour lui demander de trouver quelqu'un d'autre parce qu'elle n'était pas en mesure de « s'en sortir » avec l'enfant. Danica n'avait que cinq mois, bon sang ! Quels problèmes insurmontables pouvait-elle bien poser ?

— Je vous écoute.

— J'ai encore essayé, mais honnêtement elle est impossible.

Il renversa la tête en arrière et fixa le plafond en se massant la nuque.

— N'est-ce pas ce à quoi vous prépare justement votre formation ?

— Je suis nurse, pas magicienne.

— Votre CV et vos références sont excellents.

— Je sais bien, mais en général je ne m'occupe pas de bébés. Et jamais de bébés comme Danica. Elle a besoin de…

— Tout ce dont elle a besoin elle peut l'avoir, mais pour l'instant c'est moi qui ai besoin de vous.

Cette sensation de ne pas maîtriser la situation était horrible…

— Je double votre salaire, Cassandra. Faites juste votre travail, bon sang.

Il raccrocha sans laisser le temps à la nurse de répondre. L'offre qu'il venait de lui faire était trop tentante. Comment pourrait-elle la refuser ? Quand il se tourna de nouveau vers Bea, toute velléité de se montrer conciliant l'avait abandonné.

— Vous me dites que Clare a si peu de considération pour mes affaires qu'elle a disparu dans la nature en ne laissant personne d'autre que vous pour s'occuper de moi ?

Il regretta aussitôt ses paroles. Que lui prenait-il ? Se montrer aussi insultant était indigne de lui. Cependant, les étincelles qui jaillissaient des yeux de son interlocutrice étaient fascinantes… Il s'approcha du fauteuil en cuir dans lequel elle lui avait fait plusieurs fois signe de s'asseoir et il posa les mains sur le dossier.

— Je ne suis pas certaine d'avoir saisi ce que vous voulez dire, murmura-t-elle avec son accent d'Oxford qui le hérissait d'une manière démesurée.

— Vraiment ?

Il esquissa un sourire moqueur. Pourtant il n'était pas du tout amusé. En fait, il ne décolérait pas depuis que son frère cadet était entré en cure de désintoxication – Dieu merci – en lui laissant Danica sur les bras. Alors qu'il était la dernière personne indiquée pour prendre en charge quelqu'un, surtout un bébé ! Toute sa vie il s'était occupé des autres sans jamais se montrer à la hauteur. Sa mère. Son frère. Et à présent sa nièce. Pourquoi ne voulaient-ils pas comprendre qu'il était un solitaire ? Quelqu'un sur qui on ne pouvait pas compter ?

— Écoutez, monsieur Lykaios, j'imagine ce que vous devez ressentir. Ce genre de problèmes n'est pas habituel chez London Connection. Vous m'avez dit que vous étiez venu spécialement à Londres pour ce rendez-vous. Serez-vous encore ici demain ?

— Ce n'est pas prévu.

« Bea » se mordit la lèvre, ravalant visiblement ce qu'elle s'apprêtait à lui dire. La froisser était un véritable plaisir. Il y avait des semaines qu'il n'avait pas éprouvé une satisfaction aussi grande. Irrationnel et stupide, bien sûr.

— Si vous avez la possibilité de prendre d'autres dispositions, je peux passer la soirée à étudier la proposition de campagne et vous revoir demain matin.

— Pouvez-vous me garantir le même niveau de compétence que celui auquel m'a habitué Clare ?

— Eh bien, étant donné que je dirige le service juridique, la rédaction et la vérification des clauses sensibles des contrats d'affaires me sont plus familières que l'analyse des relations publiques. Je ne peux donc pas vous garantir *exactement* le même niveau de compétence que Clare, mais je pense que vous me trouverez suffisamment bien informée.

Ares et Bea se regardèrent un instant en silence, aussi surpris l'un que l'autre. Lui pour avoir réussi à la faire sortir de ses gonds et elle pour s'être laissée aller au sarcasme.

Bea secoua la tête.

— Excusez-moi, ce commentaire était déplacé.

— En effet. Cependant, je vous ai déjà dit que les excuses ne m'intéressent pas. Quant à votre proposition, je vais la prendre en considération.

— Que voulez vous dire ?

— Que je verrai demain matin dans quelle disposition d'esprit je me trouve. Étudiez le dossier, mademoiselle Johns. Si je suis ici demain, vous avez intérêt à être prête.

Elle ne l'avait même pas repris sur son nom de famille ! « C'est Jones », avait-elle eu l'intention de rectifier sèchement. Mais les mots n'avaient pas franchi ses lèvres, comme souvent quand quelqu'un la traitait comme il venait de le faire. Elle s'était donc contentée de le regarder s'en aller d'une démarche altière, vibrant de colère.

Bea se tassa dans son fauteuil en fixant l'ordinateur de Clare d'un regard inquiet. Elle n'était pas experte en relations publiques et elle n'avait pas l'intention de le devenir, mais il fallait à tout prix éviter que London Connection perde son plus gros client. Par conséquent, la nuit allait être longue. Ce qui n'était pas inhabituel. Pour préserver la société elle était prête à tout. Y compris à endurer un nouveau rendez-vous avec ce mufle bouffi d'arrogance.

2.

L'addiction était un fléau contre lequel le frère cadet d'Ares s'était battu presque toute sa vie, marchant dans les pas de leur mère toxicomane. Ares en revanche n'avait jamais été possédé par ce démon. Il pouvait donc se servir un scotch un peu avant minuit pour se détendre, sans craindre d'être tenté d'en prendre un deuxième. Contrairement à Matthaios il n'avait jamais bu avec excès ni été tenté par la drogue. Garder le contrôle de lui-même étant essentiel pour lui, l'idée de s'enivrer ou de prendre des substances psychotropes lui faisait horreur.

Cela expliquait peut-être pourquoi il avait échoué à ce point à protéger son frère. S'il avait partagé ses penchants, il aurait été plus à même de l'aider. Il aurait sans doute pressenti dans quel engrenage l'entraînerait la disparition d'Ingrid, morte en couches. Perdre sa femme et se retrouver responsable d'un nouveau-né constamment en pleurs avait visiblement été trop dur à supporter pour un homme obligé de lutter contre ses impulsions.

Les doigts d'Ares se crispèrent sur son verre tandis que son regard balayait les lumières de Londres. Cette vue lui apportait peu de réconfort. Il préférait de loin celle qu'offrait sa maison de Porto Heli. Pourtant, ce soir, il contemplait Londres avec le sentiment que c'était le seul endroit au monde où il avait envie d'être.

À moins que sa maison ne soit le dernier endroit où il avait envie d'être ? En raison de la présence du bébé hurlant et d'une nurse cherchant à rompre le contrat qu'il lui avait fait signer avant qu'elle prenne son poste, Porto Heli avait temporairement perdu son charme. À chaque fois qu'il croisait le regard de la petite Danica il était accablé par un sentiment d'échec. Le bébé méritait mieux que lui. Tout comme Matthaios aurait mérité mieux que d'être élevé par lui. Tout comme il aurait dû être capable de sauver leur mère. L'histoire se répétait encore et encore, prouvant qu'il n'était pas à la hauteur. Voilà pourquoi il avait engagé la meilleure nurse qu'il avait pu trouver, chaudement recommandée par plusieurs personnes. Un luxe qu'il n'aurait jamais imaginé pouvoir s'offrir quand il était adolescent. À l'époque, Matt et lui étaient livrés à eux-mêmes. Seuls, pauvres et affamés. Il faisait de son mieux pour assurer leur survie tout en sachant que ce n'était jamais tout à fait assez. Mais pour Danica c'était différent. Il pouvait lui offrir les services d'une nurse aussi longtemps que nécessaire, afin qu'elle ne manque jamais de rien.

Sauf que Cassandra, la nurse, menaçait de démissionner depuis plus d'une semaine. S'il s'absentait quelque temps de Grèce, peut-être qu'elle se sentirait obligée de rester. Par correction. Peut-être qu'elle s'attacherait au bébé et n'aurait plus envie de la quitter. Et peut-être qu'un jour les poules auraient des dents…

Ares but la dernière gorgée de scotch et garda le verre vide au creux de sa paume. Le rendez-vous de ce soir avait été la goutte d'eau qui avait fait déborder le vase. Clare Roberts de London Connection était quelqu'un qu'il voyait deux ou trois fois par an et avec qui il correspondait un peu plus souvent. Extrêmement consciencieuse et méticuleuse dans son travail, elle faisait preuve d'un professionnalisme remarquable. C'était quelqu'un comme elle dont il aurait eu besoin aujourd'hui.

Mais il s'était retrouvé avec « Bea ». Curieusement, son nom lui paraissait moins ridicule que tout à l'heure. Une bouffée de remords assaillit Ares. Comment avait-il pu être aussi odieux ? Il s'était défoulé sur elle parce qu'il était à bout de nerfs. C'était inexcusable… Mais il pouvait réparer le dommage qu'il avait pu causer. Demain était un nouveau jour.

— Monsieur Lykaios, asseyez-vous, je vous en prie.

Bea avait vaguement espéré que l'arrogant milliardaire serait devenu moins séduisant du jour au lendemain, mais elle déchanta dès qu'il entra dans le bureau un peu après midi. Dans son costume anthracite et sa chemise blanche au col ouvert, il était scandaleusement sexy. Pourquoi fallait-il qu'il ait à la fois ce visage et ce corps ? L'un des deux n'aurait-il pas suffi ? Des traits énergiques et réguliers, des yeux gris clair et lumineux dans lesquels on pourrait se noyer… mais aussi un corps d'athlète capable de courir un marathon avant le petit déjeuner. La gorge sèche, Bea déglutit péniblement. C'était dû à la nervosité, se dit-elle aussitôt.

Après la « réunion » désastreuse de la veille elle avait passé presque toute la nuit à se documenter sur l'homme et ses affaires, et à étudier les campagnes de relations publiques élaborées par London Connection pour lui. Ce qui n'avait pas été un mince exploit. Il avait des affaires en pleine activité dans le monde entier. London Connection supervisait dix campagnes spécifiques, tout en menant des actions ponctuelles en fonction des besoins. Les contrats le concernant occupaient à temps complet quatre employés encadrés par Clare, car d'après son dossier il préférait se limiter à une interlocutrice unique et ne pas être obligé de connaître des « gens nouveaux ». D'entrée elle était disqualifiée…

Comme la veille au soir, il ignora le fauteuil. Il se dirigea vers elle en plongeant dans le sien un regard qui fit voltiger des papillons dans son estomac.

— Mademoiselle Jones, dit-il en tendant la main.

Elle la serra machinalement, mais dès que leurs doigts

entrèrent en contact elle tressaillit, électrisée. Le souffle court et les joues en feu, elle détourna vivement les yeux. Ce qui n'atténua pas notablement son trouble. Fantastique, il ne manquait plus que ça. Qu'elle soit attirée par ce méga-client…

Bea avait une expérience très réduite des hommes et elle s'était toujours réjouie à l'idée qu'elle était trop ordinaire et ennuyeuse pour attirer leur attention. Idée fausse, parce qu'il lui était déjà arrivé d'être invitée à sortir. Mais la perspective d'une relation l'avait tellement rebutée qu'elle avait toujours refusé. Par conséquent, elle n'avait jamais frissonné lors d'un premier rendez-vous ni rougi parce qu'un homme qui lui plaisait plongeait son regard dans le sien comme s'il avait une chance d'y découvrir le sens de la vie.

Waouh. Une minute. Ares Lykaios ne lui plaisait pas. C'était un client et son professionnalisme lui interdisait de le considérer sous un autre angle. Mais même si elle était encline à fantasmer sur lui – ce qui n'était pas du tout le cas – comment pourrait-elle oublier la façon dont il l'avait traitée la veille au soir ? Elle avait grandi entourée de suffisamment de gens arrogants et convaincus que tout leur était dû pour savoir qu'elle détestait ce genre d'attitude.

Leurs mains étaient toujours jointes. Elle retira la sienne d'un mouvement brusque et l'essuya sur son pantalon. En vain. Les fourmillements dans ses doigts ne se calmèrent pas.

— J'ai commandé des rafraîchissements, dit-elle d'une voix plus assurée qu'elle ne l'espérait.

Quel soulagement ! Elle paraissait beaucoup plus sûre d'elle qu'elle ne l'était en réalité.

— Ainsi que des pâtisseries, des fruits, des sandwichs. Servez-vous, je vous en prie.

Ares Lykaios hocha la tête et prit la cafetière en argent pour se servir. Elle en profita pour l'observer. Alors qu'il versait le café dans un mug, sa manche remonta un peu sur son bras, révélant furtivement l'extrémité d'un tatouage qui effleurait son poignet. Un mot, ou une phrase, écrit en cursive ? Elle s'efforça de réprimer sa curiosité. Ce n'était pas le moment de s'interroger sur son tatouage. Ni sur son corps... Sauf qu'elle ne pouvait pas s'en empêcher.

Sa peau était hâlée comme s'il passait beaucoup de temps dehors. Étant donné qu'on n'était qu'en avril, il devait vivre dans un endroit plus chaud que Londres, où le dégel commençait tout juste. Elle avait toujours détesté le froid. Ça lui rappelait les nuits interminables à la pension, quand les couvertures ne semblaient jamais assez chaudes. Mais peut-être était-ce dû à la glace qui s'était logée dans son cœur en raison des rejets répétés qu'elle avait subis de la part de ses parents biologiques puis adoptifs.

Ares Lykaios avait des cils longs et épais. Le genre de cils à faire pâlir d'envie n'importe quel top model. Elle était bien placée pour le savoir. Sa mère avait tout essayé pour épaissir les siens. Tout à coup, Ares leva les yeux vers Bea. Les joues en feu, elle baissa aussitôt les siens.

— Vous prenez du café ?

Elle hocha la tête et s'assit en bout de table.

— Merci. J'en ai déjà bu trois ce matin, mais sans café je ne sais pas comment je m'en sortirais. C'est à lui que je dois mon diplôme de droit.

Arrête. Tais-toi. Par pitié.

Contrairement à elle, il restait silencieux. Quand il eut fini de servir le café, il se dirigea vers elle avec le mug qu'il venait de remplir. Il s'approcha si près d'elle qu'elle fut assaillie par des effluves de son parfum. Son cœur s'affola. Que lui arrivait-il ? Elle avait élevé au rang d'art la capacité à ignorer le sexe opposé. Pourquoi était-elle soudain obsédée par le parfum subtil et les cils recourbés de cet homme ?

À sa grande consternation il s'assit juste à côté d'elle, à sa droite. Si près que, si elle n'avait pas changé précipitamment de position, leurs jambes se seraient emmêlées sous la table. À cette pensée, son pouls s'accéléra encore. Elle referma les mains sur son mug et se concentra sur la vapeur qui s'en élevait pour éviter de lever les yeux vers lui.

— Essayez de ne pas le renverser sur moi, cette fois.

Il avait parlé d'un ton très sérieux, mais elle perçut une pointe d'amusement dans sa voix. Ce qui acheva de la déstabiliser.

— Si nous commencions ?

Allons bon… Sa voix n'était plus du tout assurée. Et elle était à peine plus forte qu'un murmure. Comme si elle avait peur de lui. *Ressaisis-toi, Bea !* Elle se représenta Clare et Amy de chaque côté d'elle. L'image de leurs sourires encourageants lui redonna un peu de confiance. Mais il restait la peur. Que se passerait-il si elle s'y prenait mal et perdait le client le plus important de l'agence ? Clare avait investi tout l'argent de son héritage dans la création de la société, ce qui lui avait permis de trouver enfin un certain équilibre. Mettre en péril London Connection était inenvisageable.

— Bientôt.

Arrachée à ses pensées, Bea regarda Ares Lykaios. Il l'étudiait d'un regard pénétrant. Comme si la curiosité qu'il éveillait chez elle était réciproque… Mais elle détestait qu'on la regarde. Elle s'arrangeait toujours pour éviter d'être l'objet d'une telle attention. Seulement, que faire ? Lui dire d'arrêter de l'observer ? Lui expliquer qu'elle n'aimait pas ça ? En fait, pour une fois ce n'était pas si désagréable. Cette chaleur qui l'envahissait était même assez délicieuse…

Mais pourquoi la scrutait-il ainsi ? Elle ne se faisait aucune illusion sur son physique. Sa mère adoptive était top model, et ses jeunes sœurs jumelles avaient hérité de sa beauté. Minces, fines, blondes, elles avaient les yeux bleus et le teint éclatant. Elle avait pris conscience très jeune qu'elle ne disposait pas des mêmes atouts. Et si elle ne l'avait pas compris seule les articles de presse récurrents concernant sa famille ne lui auraient de toute façon laissé aucun doute à ce sujet. Après avoir enduré pendant toute son adolescence les comparaisons peu flatteuses avec sa mère au même âge, puis avec les jumelles, elle avait fini par s'endurcir. Cependant des années de flèches acérées avaient laissé leurs marques.

Mais quelle importance ? Elle n'avait jamais eu envie d'être connue pour son physique. Quel ennui ! C'était juste la loterie génétique. Il valait beaucoup mieux être réputée pour son travail. Relevant le menton, Bea s'apprêta à aborder l'objet du rendez-vous. Mais lorsqu'elle constata que le regard d'Ares Lykaios était fixé sur sa bouche toute capacité de raisonnement l'abandonna. Embarrassée, elle se mordit nerveusement la lèvre. Puis elle s'interrompit aussitôt en le voyant plisser le front d'un air perplexe. De plus en plus confuse et troublée, elle sentit son pouls s'accélérer. Le silence devenait assourdissant. Il fallait à tout prix le rompre.

— Je…

Le son de sa voix sembla stimuler Lykaios. Il prit son mug et but une gorgée de café avant de plonger son regard dans le sien. Elle s'efforça d'ignorer les étincelles qui jaillissaient dans tout son corps.

— Je suis venu pour vous présenter mes excuses.

Elle le considéra avec stupéfaction. C'était bien la dernière chose qu'elle s'attendait à entendre.

— Quoi ? Je veux dire… pardon ?

Il esquissa une moue amusée.

— Vous me volez mon texte.

Elle ne put s'empêcher de sourire.

— Mais vous excuser de quoi ?

— Vous ne trouvez pas que mon attitude d'hier m'impose de vous présenter des excuses ?

Elle baissa les yeux sur la table. Que répondre ? Elle n'allait tout de même pas dire à M. Millions de Livres qu'il avait été odieux. D'autant plus qu'il le savait déjà.

— Ce n'est pas la peine.

— J'y tiens absolument. Si Clare a manqué notre rendez-vous, ce n'était pas votre faute. Je n'aurais pas dû m'en prendre à vous.

Elle sentit son estomac se nouer. Ses excuses n'étaient destinées qu'à elle. L'agence n'était pas encore tirée d'affaire…

— Je fais partie des responsables de London Connection, déclara-t-elle fermement. J'aurais dû savoir que vous aviez rendez-vous avec Clare, et être préparée à vous recevoir. C'est la première fois qu'un tel contretemps se produit à l'agence. C'est moi qui devrais vous présenter des excuses.

Il but une autre gorgée de café, mais ses yeux gris restèrent plongés dans les siens. Parcourue d'un frisson délicieux elle se força à détourner le regard.

— Dans ce cas nous étions tous les deux fautifs. Mais à des degrés différents.

Elle réprima un sourire. Cette détermination à reconnaître ses torts était aussi amusante qu'inattendue.

— Vous ne me donnez pas l'impression d'être quelqu'un qui a l'habitude de présenter des excuses, et pourtant vous le faites avec aisance.

— Peut-être parce que c'est avec une arrière-pensée.

— Oh ?

— Ce soir il y a un événement auquel je dois me rendre et j'ai besoin de quelqu'un pour m'accompagner.

Le cœur de Bea fit un bond dans sa poitrine. Elle baissa les yeux sur la tablette posée devant elle en tentant de se remémorer tous les détails du dossier.

— Je… Je ne me souviens pas d'avoir noté cela, admit-elle en refermant les mains sur son mug pour masquer leurs tremblements. Est-ce une prestation que nous vous fournissons habituellement, monsieur Lykaios ?

Il arqua les sourcils puis renversa la tête en arrière dans un éclat de rire sonore.

— Non, pas du tout. C'est une invitation et ça n'a rien d'habituel.

— C'est juste pour vous accompagner ?

Dans les yeux gris de Lykaios, la lueur amusée laissa place à quelque chose de beaucoup plus troublant. Elle n'avait peut-être aucune expérience en ce qui concernait les hommes, mais elle avait vu assez de films pour reconnaître un regard appréciateur. Heureusement qu'elle était assise… Ses jambes tremblaient tellement que sinon elle serait sans doute tombée.

— C'est un événement très médiatisé. Je préférerais ne pas arriver seul. Après tout, vous pouvez considérer ça comme une prestation de relations publiques.

Non. Il fallait refuser. Il venait d'utiliser tous les termes qu'elle avait appris à craindre et à détester. Relations publiques. Événement. Médiatisé.

— Monsieur Lykaios, je crains que ce ne soit pas possible.

— Il y a quelqu'un dans votre vie ?

Le cœur de Bea se mit à tambouriner dans sa poitrine.

— Non.

Elle regretta aussitôt cette réponse spontanée. Si seulement elle avait eu le réflexe de répondre oui ! Ça aurait été l'idéal pour justifier son refus.

— Pas exactement…

— Qu'entendez-vous par « pas exactement » ?

— Il n'y a personne, marmonna-t-elle en se mordant de nouveau la lèvre.

— De toute façon, même si c'était le cas ça n'aurait pas d'importance, Bea. C'est une invitation purement professionnelle. Un petit service que vous pouvez me rendre pour compenser le contretemps d'hier soir.

Elle déglutit péniblement. Pourquoi était-elle aussi déçue ? Elle devrait se réjouir, au contraire. Elle n'avait aucune envie d'avoir un vrai rendez-vous avec un homme comme lui – ni aucun autre.

— Vous pourriez aussi consulter votre carnet d'adresses et choisir quelqu'un d'autre pour vous accompagner parmi la liste sans doute très longue de vos petites amies passées.

Oh ! mon Dieu… Que lui avait-il pris ? Elle se couvrit la bouche de la main, horrifiée.

— Je suis désolée. De nouveau, murmura-t-elle en secouant la tête.

— J'étais sérieux hier soir quand j'ai dit que les excuses ne m'intéressaient pas.

— Aujourd'hui vous m'avez pourtant présenté les vôtres.

— Ce que je vous demande, c'est de me prouver que vous êtes vraiment désolée. Pour moi c'est beaucoup plus important.

— En vous accompagnant à une soirée ?

— Absolument.

— Mais pourquoi ?

— J'ai déjà répondu à cette question.

— Parce que vous ne voulez pas arriver seul ?

— Entre autres, oui.

— Dans ce cas, comme je vous l'ai suggéré vous pourriez…

— Inviter quelqu'un d'autre ?

Il secoua la tête.

— C'est vous que j'invite.

— Je ne comprends pas pourquoi.

— Parce que c'est ce soir, que vous êtes disponible et que vous me devez un service.

— Je ne dirais pas exactement cela.

Il esquissa un sourire.

— Vraiment ?

Elle réprima un soupir. Il était parfaitement conscient de ce qu'il représentait pour l'agence et il savait qu'elle ferait à peu près n'importe quoi pour le satisfaire. Il avait raison, malheureusement. La situation était délicate pour London Connection, et pour rien au monde elle ne prendrait le risque de l'aggraver. Si accompagner cet homme à un événement était le prix à payer, elle s'y résoudrait. Elle le ferait pour Clare et pour Amy, même si c'était la dernière chose dont elle avait envie ! Si seulement il n'était pas aussi séduisant… Visage splendide et corps de dieu grec. Elle n'aurait pas pu tomber sur un homme plus difficile à ignorer.

— J'aurais des conditions.

— Je suis tout ouïe.

— C'est un rendez-vous purement professionnel. En aucun cas il ne sera question de se toucher, de s'embrasser ni de flirter.

— D'accord.

Elle gémit intérieurement. Pourquoi ce petit sourire donnait-il l'impression qu'il flirtait, au contraire ?

— Juste une soirée, ajouta-t-elle. Après laquelle vous me déposerez chez moi, point final.

— N'est-ce pas inclus dans la règle numéro un ?

— Je suis juriste. L'énoncé précis des règles de procédure est un réflexe professionnel.

— D'accord, répéta-t-il d'une voix où perçait une pointe de malice. Je ne chercherai pas à vous séduire, dans le strict respect de la procédure.

Le corps en feu, elle se leva. Impossible de rester plus longtemps assise aussi près de lui. Elle se dirigea vers les fenêtres qui donnaient sur les rues animées de Londres. Sans avoir conscience que la lumière du soleil mettait en évidence sa silhouette à travers le tissu de son ensemble pantalon ample. Ni que le regard d'Ares se promenait sur ses courbes féminines.

— Et vous oublierez définitivement le contretemps d'hier, ajouta-t-elle.

Il resta silencieux un instant avant de répondre.

— Je ne peux pas faire ça.

Elle se retourna vivement vers lui.

— C'était une erreur, Ares, plaida-t-elle avec feu.

À la vue de la lueur lascive qui s'alluma dans les yeux gris, elle se maudit aussitôt. Que lui prenait-il de se montrer aussi familière ? C'était comme si elle se jetait dans la gueule du loup…

— Une erreur dont vous n'êtes pas responsable, objecta-t-il.

— Si, bien sûr. Je suis responsable. J'étais présente et j'aurais dû…

Il se leva abruptement et se dirigea vers elle.

— Je n'oublierai pas ce qui s'est passé hier, mais je le pardonnerai, à condition que vous acceptiez de m'accompagner ce soir. Marché conclu ?

Le cœur de Bea s'affola. Il était si près qu'ils se touchaient presque… Elle recula d'un pas chancelant.

— Pas tout à fait…

— Encore des précisions à énoncer ?

Elle réprima un sourire, amusée malgré elle.

— Toujours. Je n'ai pas besoin que vous me pardonniez ni que vous oubliiez ce qui s'est passé hier. En revanche, j'ai besoin que vous me promettiez de donner une autre chance à London Connection. Permettez-moi d'avoir cette réunion avec vous aujourd'hui, puisque j'ai passé toute la nuit à la préparer. Ou bien de faire venir un de mes collègues, qui travaille avec Clare sur votre dossier et qui serait beaucoup plus à même que moi de répondre à vos…

Il posa un doigt sur sa bouche et ce fut comme si un incendie se déclarait dans tout son corps.

— Non. Je peux attendre le retour de Clare.

— Je ne sais pas pour combien de temps elle est absente, mais je suis sûre qu'elle peut organiser une réunion à distance dans les meilleurs délais.

— Je m'en occuperai. Pour ce soir, j'ai moi aussi des conditions.

Il laissa son doigt sur ses lèvres. À son grand soulagement. Elle n'avait aucune envie qu'il le retire. Et tant pis pour les règles qu'elle avait imposées.

— Oui ?

— La soirée en question est un bal. Vous devrez mettre une tenue appropriée.

L'estomac noué, elle serra les dents. Pour elle, les bals, c'était une véritable torture. Mais pour le bien de l'agence…

— Très bien.

Le doigt d'Ares glissa vers le coin de ses lèvres et descendit jusqu'à son menton, qu'il lui fit relever légèrement.

— J'ai tiré un trait sur hier. Nous n'avons plus besoin d'en reparler. Venez ce soir, soyez une compagne agréable à mon bras et je vous promets que le manque de professionnalisme d'hier n'aura aucune répercussion.

Elle fut envahie par une vive chaleur, suivie par un grand froid. Le ton d'Ares avait beau être léger, la menace était bien réelle. Mais pour quelle raison tenait-il tant à ce qu'elle l'accompagne ?

Il lui tenait toujours le menton et ses doigts étaient délicieusement doux sur sa peau. Pourvu qu'il les laisse encore un peu… Mais que lui prenait-il ? Elle s'efforça de se ressaisir.

— Vous enfreignez déjà la règle numéro un.

— Vous pensez que je suis en train de flirter ? demanda-t-il d'une voix rauque.

Elle sentit son cœur s'affoler. Était-ce un effet de son imagination ou bien venait-il encore de se rapprocher imperceptiblement ? Hochant la tête, elle dégagea son menton.

Il plissa le front.

— Vous vous trompez. C'est purement professionnel. Il vaut mieux que vous ne l'oubliiez pas.

3.

Alors que sa voiture s'arrêtait devant les bureaux de London Connection, Ares se posa pour la dixième fois la même question. Pourquoi avait-il insisté pour que Bea l'accompagne à cette soirée ? Au départ il était venu à London Connection pour lui présenter ses excuses et tirer un trait sur le rendez-vous manqué. Il aurait dû en rester là, comme prévu. Mais la façon dont elle l'avait regardé avait éveillé en lui une curiosité irrépressible.

Il descendit de voiture et se dirigea vers l'entrée de l'immeuble d'un pas alerte. Dans l'ascenseur il regarda les boutons correspondant à chaque niveau s'allumer successivement et, lorsque les portes s'ouvrirent à l'étage de London Connection, il se rendit à l'évidence. Contre toute attente, la perspective de cette soirée le réjouissait. C'était la première fois depuis un mois qu'il éprouvait autre chose qu'une sourde angoisse. Depuis que Matt était entré en cure de désintoxication et qu'il avait dû prendre Danica en charge… Il avait besoin de se changer les idées et d'oublier pendant quelques heures l'enfer qu'était devenue sa vie. Passer une soirée en compagnie d'une jeune femme intelligente et intéressante n'était-il pas le meilleur dérivatif ? Voilà pourquoi il avait le cœur léger, tout à coup. Il ne fallait pas chercher plus loin.

À 17 heures passées de quelques minutes, l'agence était une véritable ruche. Il se présenta à la réception et on lui indiqua le bureau de Bea. Il se dirigea vers lui à grands pas et s'immobilisa devant la porte pour lire son nom. Beatrice

Jones. Beatrice lui allait beaucoup mieux. Il frappa deux coups puis il entra sans attendre de réponse. Et se figea, le souffle coupé. Debout devant la fenêtre, de profil, elle était vêtue d'une robe noire de coupe sobre – dos nu et jupe légèrement évasée tombant jusqu'au sol – qui mettait admirablement sa silhouette en valeur. Ses cheveux châtain clair ruisselaient en boucles souples sur ses épaules et son dos. À la fois très sexy et d'une grande élégance, elle avait une classe folle. Lorsqu'elle se tourna vers lui ses traits étaient un peu tendus, mais elle lui sourit.

— Vous êtes superbe.

— Ça ressemble beaucoup à un commentaire que pourrait faire un homme qui flirte avec la femme avec qui il a rendez-vous, répliqua-t-elle d'un ton pince-sans-rire.

— Il faudrait être stupide pour ne pas souligner l'évidence.

— La flatterie ne vous conduira nulle part, monsieur Lykaios.

Il secoua la tête.

— Non, ce soir vous m'appellerez Ares, comme tout à l'heure.

Les joues en feu elle entrouvrit les lèvres, mais aucun son n'en sortit. Il fut assailli de regrets. Quel dommage qu'ils doivent passer cette soirée dans un bal, entourés d'une foule de gens… C'était une femme avec qui il aurait bien aimé passer du temps en tête à tête.

— Et je vous flatterai chaque fois que je le jugerai approprié.

Elle détourna vivement les yeux, comme si cette idée la paniquait. Pourquoi ?

Ils quittèrent le bureau et elle s'arrêta un instant à la réception. Ils attiraient les regards, constata-t-il. De toute évidence, les employés n'avaient pas l'habitude de voir une des responsables dans ce genre de tenue, en compagnie d'un client. Quant à Bea, elle s'empourpra de plus belle.

— J'ai mon téléphone en cas d'urgence. Surtout n'hésitez pas à m'appeler si nécessaire.

La réceptionniste indiqua l'ascenseur avec un large sourire.

— Nous nous en sortirons, Bea. Amuse-toi bien.

— Quel genre d'événement est-ce, exactement ?

— C'est une soirée de célébration pour l'ouverture d'un hôpital pour enfants. Ma fondation a participé au financement.

— Ah. J'ai lu plusieurs articles hier soir. Vous soutenez beaucoup d'organisations caritatives d'aide à l'enfance.

— Oui.

— Mais j'ignorais que certaines d'entre elles sont au Royaume-Uni.

— Notre fondation a beaucoup de partenaires. Elle opère souvent de manière indirecte.

— Philanthropie par sociétés interposées ?

— Attirer l'attention n'est pas le but. Je ne soutiens pas des organisations caritatives pour qu'on me tresse des couronnes de lauriers.

— Vraiment ?

Le regard d'Ares s'assombrit.

— Ce serait vraiment cynique.

— Vous avez raison, reconnut-elle.

Mais comment pourrait-elle ne pas y penser quand sa mère clamait qu'elle l'avait adoptée chaque fois qu'elle voulait soigner son image ? Quand elle voulait se faire passer pour une sorte de Mère Teresa, elle organisait une séance de photos avec elle pour convaincre le monde entier de l'altruisme de la famille Jones. Bea regarda par la vitre, le cœur serré.

— Vous ne m'avez pas dit où nous allons.

— Non, en effet. Vous êtes nouvelle à London Connection ?

Pourquoi ce brusque changement de sujet ? se demanda-t-elle avec perplexité. Mais c'était un client. Pas question de prendre le risque de l'offenser en se montrant trop curieuse. De toute façon, quelle importance s'il ne lui avait pas répondu ? S'il ne tenait qu'à elle, elle serait sur son canapé devant Netflix et pas en route pour une réception huppée en compagnie de ce dieu grec.

Avant qu'elle ait le temps de répondre à la question d'Ares, il souleva légèrement le bas de sa robe. Stupéfaite, elle suivit son regard et réprima une moue dépitée. Il avait remarqué ses chaussures. Des baskets rouges aux bouts un peu éraflés. Il fallait reconnaître qu'avec sa robe et ses bas noirs très fins elles étaient ridicules…

— C'est au cas où vous auriez besoin de me fuir ? demanda-t-il avec un sourire terriblement sexy.

Le genre de sourire destiné à faire fondre la glace… mais Ares n'avait sans doute jamais eu affaire à un cœur aussi gelé que le sien.

— Absolument. Une fille n'est jamais trop prudente. Elle peut être appelée à tout moment à battre un record du monde.

— Usain Bolt n'a qu'à bien se tenir ?

— Vous ne croyez pas si bien dire.

— Sérieusement, vous avez laissé vos chaussures chez vous ? Nous pouvons faire un détour pour les récupérer si vous voulez.

Pas question de reconnaître qu'elle avait mis ces chaussures par habitude, parce que vu son mètre soixante-dix-huit elle portait toujours des chaussures plates pour ne pas avoir l'air d'une girafe.

— Personne ne les verra sous la robe.

S'efforçant d'ignorer le regard songeur d'Ares, elle décroisa les jambes et remit sa robe en place afin qu'elle couvre ses chaussures.

— Vous me parliez de votre travail à London Connection.

— Non, c'est vous qui m'interrogiez à ce propos, rappela-t-elle, soulagée par ce changement de sujet.

Il resta silencieux et continua de la fixer de son regard pénétrant, qui avait le don de la perturber.

— J'ai commencé il y a quelques mois. Mais ça faisait des années que Clare me demandait de les rejoindre.

— Vous la connaissez depuis longtemps ?

Elle repensa à son adolescence avec une pointe de nostalgie.

— Clare, Amy et moi étions à l'école ensemble. Ce sont mes meilleures amies.

— Vous êtes très différente de Clare et d'Amy.

Surprise par sa perspicacité, elle demanda :

— Qu'est-ce qui vous fait dire ça ?

— Plusieurs choses.

Elle réprima un soupir. Il n'aurait pas pu donner une réponse plus évasive… La voiture tourna en direction du fleuve. À sa connaissance il n'y avait pas d'hôtels dans ce quartier… Mais il était vrai qu'il y avait un moment qu'elle n'était pas passée par là. La soirée avait peut-être lieu dans un ancien entrepôt reconverti ?

— Se ressembler est-il nécessaire pour devenir amies ?

Il allongea le bras sur le dossier de la banquette, laissant sa main pendre tout près de son épaule.

— Je ne sais pas. Apparemment, pour vous ce n'est pas indispensable.

— Vous n'avez pas d'amis ?

— Je n'ai pas dit ça.

— Vous l'avez suggéré.

Il laissa échapper un petit rire.

— Vous lisez entre les lignes.

— Ça vous ennuie ?

Alors que la voiture passait sur un ralentisseur, les doigts d'Ares effleurèrent brièvement l'épaule de Bea. Ça n'avait rien d'intentionnel, se dit-elle aussitôt. Mais, intentionnel ou pas, l'effet était redoutable… Électrisée, elle détourna vivement la tête. Et en regardant par la vitre elle prit conscience qu'ils arrivaient à l'aéroport de Londres-City.

— Il y a un bal à l'aéroport ?

— Non.

— Alors pourquoi… ? Nous prenons l'avion !

— Pour aller au bal.

— Mais… vous ne m'avez pas dit…

— Je croyais que vous saviez lire entre les lignes ?

— Oui, vous avez raison.

Elle claqua des doigts.

— J'aurais dû miraculeusement me douter qu'en m'invitant à un bal vous sous-entendiez que nous prendrions l'avion. Où allons-nous ?

— À Venise.

— Venise ?

Elle regarda Ares avec effarement.

— Je n'ai pas mon passeport.

— J'ai arrangé ça avec votre assistante.

— Vous… quoi ? Quand ?

— Quand je suis parti ce matin.

— Mon assistante vous a donné mon passeport ?

— Ça vous pose un problème ?

— Voyons…, laissez-moi réfléchir un instant, rétorqua-t-elle en roulant les yeux. Jusqu'à hier je ne vous avais jamais vu de ma vie, et aujourd'hui vous êtes en possession de mon passeport. Oui, on peut dire que ça me pose un problème.

Il retira son bras du dossier, effleurant le sien au passage, et sortit de sa poche un carnet bordeaux familier.

— Maintenant il est en *votre* possession. Ce n'était pas un complot pour vous kidnapper, Beatrice. Juste une précaution.

Elle serra son passeport dans sa main, les yeux fixés dessus. Elle n'était plus contrariée qu'Ares ait réussi à convaincre son assistante de subtiliser dans son tiroir un document aussi important, mais hébétée après l'avoir entendu l'appeler par son prénom. Plus personne ne l'appelait Beatrice depuis une éternité. À l'école elles formaient un club. ABC. Amy, Bea, Clare. « Bea » lui était resté. Entendre son prénom complet dans la bouche d'Ares lui avait coupé le souffle.

— Pourquoi ne pas m'avoir tout simplement dit où nous allions ?

Il haussa les épaules.

— Je pensais que vous refuseriez.

Ça donnait une idée assez précise de son mode de fonctionnement. De toute évidence, il était prêt à faire tout ce qu'il fallait pour obtenir ce qu'il voulait.

— Vous garder comme client est trop important pour l'agence, vous vous souvenez ?

C'était au moins une bonne occasion de se rappeler et de lui rappeler la raison pour laquelle elle avait accepté son invitation. Ça n'avait rien à voir avec le fait qu'elle le trouvait séduisant. Ce qui comptait pour elle, c'était ses amies et la prospérité de l'agence.

— Et c'est l'unique raison pour laquelle vous avez accepté de m'accompagner, lâcha-t-il d'un ton indiquant qu'il n'était pas dupe.

Était-elle donc transparente à ce point ? Sans aucun doute. En raison de son manque d'expérience avec les hommes, elle ne savait pas dissimuler ce qu'elle ressentait.

Heureusement la voiture s'arrêta, et un homme en costume bleu marine ouvrit la portière. Il parla en grec et Ares lui répondit en anglais.

— Mlle Jones m'accompagne. S'il vous plaît, faites servir du champagne après le décollage.

Bea descendit de voiture et resta bouche bée à la vue du jet blanc sur la carlingue duquel était inscrit en grosses lettres rouges « Lykaios ».

— Bien sûr… vous possédez un jet privé, commenta-t-elle en secouant la tête.

— C'est une nécessité. Je voyage beaucoup.

Pas question de se laisser impressionner…

— Vous savez que c'est le moyen de transport le plus polluant, je suppose ?

Il l'invita d'un geste à monter la passerelle.

— Je compense mon empreinte carbone par divers moyens. Le problème, c'est que les horaires des vols commerciaux ne sont pas compatibles avec mon planning.

Une hôtesse attendait en haut des marches, vêtue d'un tailleur-pantalon marine et d'une chemise blanche.

— Mademoiselle Jones, dit-elle, apparemment prévenue de la présence d'une passagère imprévue. Bonsoir, monsieur Lykaios.

— *Yassou,* Andrea, répondit Ares en posant la main au creux des reins de Bea.

Un geste impersonnel qui déclencha néanmoins en elle des réactions très personnelles. Il l'invita à s'asseoir dans un siège en cuir et prit place en face d'elle. Tandis qu'elle étalait sa robe pour masquer ses chaussures, il croisa nonchalamment une cheville sur un genou, dans une pose sexy qui attirait l'attention sur ses jambes musclées. Elle avait remarqué qu'il était en smoking, bien sûr, mais le voir assis juste en face d'elle…

— Vous êtes ridiculement séduisant, vous savez…

Il éclata de rire.

— Merci, je suppose ?

— Ce n'est pas vraiment un compliment, s'empressa-t-elle de préciser. Juste une observation. Il faudrait être aveugle pour ne pas le remarquer.

— J'ai toujours pensé que la beauté était subjective.

— En principe, oui. Mais certaines personnes sont objectivement séduisantes. C'est une question de structure osseuse.

— Vraiment ? demanda-t-il d'un ton malicieux.

— Oui. Mais ne vous inquiétez pas. Je n'ai jamais attaché beaucoup d'importance à la beauté. Je n'enfreindrai donc pas notre règle principale.

— Je suis heureux de l'entendre.

L'espace d'une seconde, le regard de Bea se posa malgré elle sur le torse puissant d'Ares. Une vive chaleur l'envahit et son pouls s'accéléra. À son grand soulagement Andrea arriva avec deux flûtes de champagne. Ares refusa d'un geste.

— Un café, *efcharistó.*

Bea accepta la sienne avec gratitude. Elle avait besoin de quelque chose qui la détende un peu.

— Le grec est votre langue maternelle ?

Il hocha la tête.

— Pourtant, vous parlez un anglais impeccable. Avez-vous fait des études au Royaume-Uni ?

— Non.

— Comment avez-vous appris à le parler aussi bien ?

Il esquissa un sourire qui masquait des émotions qu'elle ne parvint pas à identifier.

— Parler plusieurs langues était une question de survie. J'ai appris rapidement.

Elle fronça les sourcils.

— Je ne comprends pas.

— Non, vous ne pouvez pas, approuva-t-il calmement.

Elle laissa échapper un rire exaspéré. Au même instant les moteurs vrombirent et l'appareil commença à rouler sur la piste.

— Qu'est-ce que ça signifie ? insista-t-elle.

Il se leva brusquement et se pencha sur elle en plongeant les yeux dans les siens pour attacher sa ceinture. Le souffle court, elle fut incapable de détourner le regard.

— J'aurais pu le faire moi-même.

Il se rassit et attacha sa propre ceinture au moment où l'avion décollait. Un moment plus tard, Andrea revint avec un plateau. L'arôme du café mit l'eau à la bouche de Bea. Il était accompagné de biscuits en forme de croissants, parsemés d'amandes effilées.

— Après la mort de mon grand-père, mon frère et moi nous avons vécu un certain temps dans la rue. Nous sommes allés à Athènes, où les touristes étaient très nombreux. Au début, nous survivions en mendiant.

Le cœur de Bea se serra. Il avait prononcé le mot d'un ton dédaigneux qui ne laissait aucun doute. Cet aveu était douloureux.

— Mais quand j'ai commencé à maîtriser l'anglais et le japonais j'ai commencé à faire des petits boulots pour les hôtels. J'étais très mal payé, la plupart du temps ça rapportait moins que la mendicité, mais ça me convenait bien mieux.

Elle déglutit péniblement.

— Je ne me doutais pas du tout… Je pensais que vous…

Sa voix s'éteignit.

— Poursuivez, dit-il.

Elle ne parvenait pas à soutenir son regard, honteuse de ses idées préconçues.

— Je supposais que vous aviez eu un parcours plus facile.

— Vous pensiez que j'étais né dans une famille riche ?

— Honnêtement, oui.

Il laissa échapper un petit rire.

— Pourquoi ?

— Vous êtes tellement riche…

D'un geste elle indiqua la luxueuse cabine du jet.

— Pour amasser une telle fortune et bâtir l'empire que vous dirigez après avoir eu des débuts aussi difficiles… comment avez-vous fait ?

— J'étais extrêmement motivé.

Il lui tendit l'assiette de biscuits.

— Servez-vous.

Elle en prit un machinalement.

— J'aime beaucoup les *kourabiedes.*

— Ceux-ci ont été confectionnés selon la recette de la grand-mère de mon pilote, répliqua-t-il avec un sourire qui aurait pu désarmer un cœur moins bien protégé que le sien.

Elle mangea une bouchée et ferma les yeux pour mieux savourer le goût subtil d'amande et le contraste entre le cœur tendre et l'extérieur croustillant saupoudré de sucre glace. Lorsqu'elle rouvrit les yeux, le regard d'Ares fixé sur sa bouche lui coupa le souffle. Les yeux gris aux pupilles dilatées brillaient d'un éclat si intense qu'il en était presque insoutenable. Par ailleurs, Ares avait les lèvres pincées et tout son corps semblait tendu à l'extrême, comme s'il devait faire appel à toute sa volonté pour rester immobile. Le cœur battant à tout rompre, elle baissa lentement la main qui tenait le biscuit.

— Vous mangez ce biscuit comme si vous lui faisiez l'amour.

Ces mots prononcés d'une voix rauque décuplèrent son trouble. S'il savait qu'elle n'avait jamais fait l'amour… avec un homme ou un biscuit ! Que dirait-il s'il était conscient de son inexpérience ? Assaillie par une bouffée de panique, elle baissa les yeux et fixa le plancher.

— Il est très bon.

— Comme tous les amants devraient l'être.

Les joues en feu, elle resta sans voix un instant. Si seulement elle pouvait être éjectée de l'avion et se cacher sur un petit nuage où Ares Lykaios ne lui parlerait pas de sexe…

— Je suis désolée que vous ayez eu une enfance aussi difficile, finit-elle par dire d'une voix à peine audible.

Elle se risqua à jeter un coup d'œil à Ares. Il la regardait comme si elle était une énigme vivante qu'il avait envie de déchiffrer.

— Encore des excuses ? murmura-t-il.

C'était de toute évidence une plaisanterie, mais son ton n'était pas réellement malicieux. Et sa voix rauque ne faisait qu'épaissir la brume de sensualité qui semblait les envelopper.

— C'est une façon de parler, je suppose.

Elle s'éclaircit la voix.

— Quelles autres langues parlez-vous ?

Il but plusieurs gorgées de café, les yeux plongés dans les siens.

— L'italien, le français, l'espagnol. Et des rudiments de cantonais.

— Plus le grec, l'anglais et le japonais… Ça fait six langues et demie, commenta-t-elle en comptant sur ses doigts.

Il croisa les jambes et son pied effleura le sien, envoyant des petites flèches de désir dans tout son corps.

— Oui.

— Et vous les parlez toutes couramment ?

— Je ne pourrais pas écrire un roman dans chacune d'elles, mais je peux soutenir une conversation comme celle-ci.

— Vous me donnez des complexes. Je parle un français suffisant pour commander mon plat favori au restaurant, et c'est à peu près tout.

— Et quel est votre plat favori ? demanda-t-il avec un sourire qui accrut son trouble.

— Le canard à l'orange.

Une lueur approbatrice s'alluma dans les yeux gris.

— Je devais avoir douze ans quand j'en ai mangé pour la première fois. Je me souviens très bien de ce voyage, ajouta-t-elle.

Mieux valait éviter d'entrer dans les détails… La Fashion Week à Paris, sa mère en admiration devant les jumelles et leurs tenues haute couture assorties, et elle-même en pleine puberté, se sentant trop grosse et horriblement mal dans sa peau. Et bien sûr les photos d'elle publiées dans les médias, en train de lire un livre à la lumière des spots du podium avec l'air de s'ennuyer à mourir. L'estomac noué, elle s'efforça de chasser ces souvenirs de son esprit.

— Dans un restaurant le serveur a conseillé ce plat à mon père. Il l'a commandé et je l'ai imité.

Sa mère avait protesté. « Ma chérie, le canard fait terriblement grossir. Quant à la sauce… »

— C'était délicieux. À partir de ce jour-là je n'ai jamais manqué d'en commander quand nous allions au restaurant.

Et pas seulement pour contrarier sa mère.

— Si seulement nous allions à Paris au lieu de Venise…, dit-il. Je connais le meilleur restaurant de la ville, dans une petite rue pavée de Montmartre. Il n'est ni réputé ni étoilé, mais la chef cuisine les plats traditionnels comme son père le lui a appris. Chacun d'eux est un petit chef-d'œuvre.

— Il faudra que vous me donniez son nom.

— La salle est minuscule. Si vous voulez y aller, prévenez-moi et j'organiserai ça. En principe il faut réserver des mois à l'avance.

Elle dissimula un sourire derrière sa flûte de champagne.

— Laissez-moi deviner… pour vous la chef fait une exception.

— Toujours, répondit-il avec son sourire charmeur. Et donc pour vous aussi si je le lui demande.

Bea était allée deux ou trois fois à Venise, toujours en famille et quand elle était beaucoup plus jeune. À l'époque elle était trop perturbée par le caractère toxique des relations familiales pour apprécier la beauté du lieu. Alors que l'avion décrivait des cercles au-dessus de la ville, elle se pencha vers le hublot pour mieux la contempler. Le soleil, déjà bas dans le ciel, teintait de mille nuances d'orange et d'or les canaux et les édifices de styles variés. Devant ce spectacle féerique un calme bienfaisant l'envahit et elle laissa échapper un petit soupir d'aise.

4.

— Mettez ça.

Ares tendit à Bea une écharpe en soie rose et turquoise, indubitablement haute couture.

— Pourquoi ?

Il enroula l'écharpe autour de sa tête et la noua sur sa nuque. Puis il recula d'un pas pour contempler son œuvre avec une satisfaction manifeste.

— Pour empêcher vos cheveux de voler au vent.

Il tourna la tête vers une vedette noire amarrée à proximité et lui tendit la main. Elle la prit en s'efforçant d'ignorer les battements de son cœur et il l'aida à descendre à bord du bateau. Un homme les attendait, vêtu d'un jean, d'une chemise noire et d'un pull fin. Un béret complétait sa tenue.

— Enrico, le salua Ares en suivant Bea.

Le moteur ronflait sous leurs pieds, et l'eau miroitait sous les rayons du soleil couchant, qui se rapprochait de l'horizon. L'air était doux, mais quand la vedette se mit en mouvement Ares enleva sa veste de smoking et la tendit à Bea. Elle secoua la tête instinctivement. Pas question de s'envelopper dans un vêtement encore imprégné de sa chaleur et de son odeur. Elle était déjà assez troublée comme ça… Mais il ignora son refus et lui posa la veste sur les épaules, laissant ses mains s'attarder sur celles-ci quelques secondes de plus que nécessaire.

C'était le client le plus important de l'agence, se rappela-t-elle fermement. Et il était contrarié par la réunion manquée. C'était la seule raison pour laquelle elle avait accepté sa proposition.

— Arriver seul au bal aurait-il vraiment posé un gros problème ? demanda-t-elle en criant pour couvrir le bruit du moteur.

Il esquissa un sourire sensuel.

— Je préfère être accompagné.

— Vous êtes tout le contraire de moi, répliqua-t-elle avec un petit sourire en se détournant, persuadée que le vent allait emporter ses paroles.

Mais si elle avait continué de regarder Ares elle aurait vu s'allumer dans ses yeux une lueur intriguée. Ils passèrent devant Murano, qu'elle reconnut aux bâtiments rouge et ocre qu'elle avait déjà vus lors d'une excursion, lorsqu'elle avait visité une verrerie sur l'île des années auparavant. Quelques minutes plus tard, le bateau vira vers le sud puis tourna dans un grand canal bordé d'édifices gothiques avec des éléments du style mauresque comme les grilles en pierre aux fenêtres. Alors qu'ils passaient sous un pont, des touristes leur firent de grands signes. Elle agita le bras et regarda instinctivement Ares. Ses yeux étaient fixés sur elle et il n'avait pas salué les touristes.

Elle se sentit ridicule et se concentra sur la vue pour masquer son embarras. Lorsqu'ils atteignirent le Grand Canal, Enrico s'arrêta pour laisser passer un *motoscafo* puis plusieurs gondoles avant de se diriger vers le nord. Quelques centaines de mètres plus loin ils arrivèrent devant un majestueux palais à la façade couleur pêche ornée de placages de pierre blanche. Des orchestres à cordes jouaient sur plusieurs balcons éclairés par des candélabres, et la musique se répandait le long du canal. Sous le portique s'était formée une foule parmi laquelle elle repéra un groupe de paparazzis. Les réflexes acquis des années auparavant se déclenchèrent aussitôt. Elle redressa les épaules et inspira profondément. Mais son estomac ne se dénoua pas pour autant. Oh ! comme elle haïssait les journalistes ! Et ce n'était pas la main d'Ares posée au creux de ses reins qui allait l'aider à se calmer…

Enrico ralentit et s'arrêta à la hauteur d'une autre vedette, dont le pilote aidait ses élégants passagers à débarquer. Ares se mit face à elle pour libérer ses cheveux de l'écharpe, mais une fois celle-ci enlevée il resta immobile à scruter son visage. Le souffle court, elle bredouilla :

— Est-ce que je…

Sa voix s'éteignit. Elle avait si souvent déçu sa mère lors d'événements de ce genre… Pourvu qu'elle n'en fasse pas autant avec Ares ce soir !

— Est-ce que je suis présentable ?

— Présentable ? Ne vous ai-je pas dit que vous êtes superbe ?

Elle secoua la tête.

— Je suis sérieuse, Ares. Je n'ai pas mis les pieds dans une soirée de ce genre depuis des années.

— Pourquoi ?

Elle sentit ses joues s'enflammer. Que répondre ?

— Ça n'a pas été nécessaire.

— Vous êtes presque parfaite.

Il laissa tomber l'écharpe sur un siège de la vedette et la débarrassa de sa veste.

— Oh. Oui, bien sûr…

Enrico fit une manœuvre un peu brusque pour se glisser dans la place qui venait de se libérer le long du quai et elle bascula en avant. Elle serait tombée sans l'intervention d'Ares. Il la saisit aussitôt par la taille et l'attira contre lui pour la maintenir en équilibre. Puis il s'écarta de nouveau tandis qu'Enrico lançait les amarres aux marins à quai. Une fois la manœuvre terminée Ares lui tendit la main pour l'aider à débarquer. Elle s'efforça d'ignorer les frissons qui couraient le long de son bras à son contact et la lâcha dès qu'elle fut à terre. Ares la rejoignit d'un bond révélateur de ses qualités d'athlète. Distraite par ce spectacle, elle ne remarqua pas tout de suite les objectifs braqués sur eux – ou plutôt sur lui. Mais lorsque les paparazzis se mirent à crier le nom d'Ares elle eut un mouvement de recul, anxieuse de s'écarter le plus possible de lui. Il fut plus rapide qu'elle et glissa le bras autour de sa taille pour l'attirer contre lui. Étrangement réconfortée par cette proximité, elle parvint à supporter les flashs sans se laisser submerger par la panique. Malgré tout, la voix de sa mère résonna dans son esprit.

« Souris, ma chérie. Mais sans montrer tes dents, surtout. Avec ta mâchoire chevaline, il faut éviter. Et redresse ces épaules, voyons… Ne jamais se voûter ! »

À son grand soulagement, ce fut très vite terminé. Une autre vedette arriva avec une star de Hollywood à son bord, si bien qu'Ares et elle purent se diriger en paix vers la porte à double battant du célèbre palais. Taillée des siècles auparavant dans un bois assez épais pour résister aux attaques, elle était encadrée par des gardes en veste de smoking blanc et pantalon noir. Une fois le seuil franchi, elle s'écarta d'Ares. Après tout, ce n'était pas un véritable rendez-vous. Il lui lança un regard moqueur.

— Par ici, dit-il en l'invitant d'un geste à le précéder dans une salle déjà pleine de monde.

Le souffle coupé, elle promena un regard émerveillé autour d'elle. Peintures murales remontant à la fin de la Renaissance ou à la période baroque, candélabres sur les murs et au plafond, sol en *terrazzo*… Jamais elle n'avait vu un décor aussi splendide. Quant aux invités ils arboraient des tenues plus élégantes les unes que les autres, que ce soient les robes de bal ou les smokings. Heureusement qu'elle avait ressorti du placard la robe achetée pour un des réveillons de Noël organisés par ses parents…

— Il y a vraiment beaucoup de monde, murmura-t-elle.

— Oui.

Ares l'étudia d'un regard scrutateur qui la fit frissonner.

— Je n'ai jamais vu un endroit aussi magnifique, ajouta-t-elle pour se donner une contenance.

Tandis qu'ils avançaient parmi la foule, elle prit conscience que les têtes se tournaient sur leur passage. Les regards se posaient d'abord sur Ares, puis sur elle. Et ce qu'on y lisait était glaçant. Mortifiée, elle s'écarta encore de lui. Sa place n'était pas auprès d'un homme comme lui. C'était comme avec sa famille adoptive. Elle n'était pas à la hauteur. Elle prit une flûte de champagne sur le plateau d'un serveur.

— Pourquoi m'avez-vous amenée ici ce soir ?

Il arqua les sourcils.

— Nous en avons déjà discuté. Je ne voulais pas arriver seul.

— D'accord. Mais il y a sûrement des dizaines de femmes qui auraient sauté sur l'occasion de vous accompagner ?

Il lui lança un regard indiquant qu'il désapprouvait ses questions.

— Alors pourquoi ne pas l'avoir demandé à l'une d'elles ?

— Parce que je ne veux pas de complications.

— Que voulez-vous dire ?

— Que je voulais juste quelqu'un qui m'accompagne ce soir. Pas d'attentes, pas de promesses. Pas de sentiments.

— Toutes ces femmes auraient attendu autre chose de vous qu'une simple soirée ?

Il grimaça.

— Le risque existe toujours.

— Alors vous ne sortez jamais avec des femmes ?

— Si. Mais pas dans le sens où vous l'entendez sans doute.

Elle se surprit à pouffer.

— Combien de sens peut-il y avoir ?

— On peut sortir avec quelqu'un parce qu'on croit au conte de fées, ou bien parce qu'on aime la compagnie et le sexe.

Elle fut submergée par une chaleur si intense que celle-ci lui coupa le souffle.

— Personnellement, ça ne m'arrive que pour la deuxième raison.

Elle ouvrit la bouche pour répliquer, mais au même instant un homme s'adressa à Ares. Harry – nom sous lequel le lui présenta Ares – voulait discuter avec ce dernier d'un investissement en Argentine. Elle se détourna, heureuse de cette diversion. Enfin quelques instants pour souffler un peu et rassembler ses idées ! Depuis qu'Ares était venu la chercher, le contrôle de la situation ne cessait de lui échapper. Cependant, le fait qu'il refuse les complications des relations sentimentales ne faisait que renforcer les règles instaurées dès le départ. Après tout, s'ils sortaient ensemble ce soir, ce n'était pas dans l'espoir de vivre un conte de fées. Et bien sûr elle n'avait pas l'intention de coucher avec lui. Par conséquent, ce rendez-vous était purement professionnel. Comme prévu. Elle devrait se sentir soulagée, non ?

Au fil du temps, Ares avait appris avec effort à contrôler ses émotions. Enfant, il s'était souvent senti perdu, traumatisé, révolté, brisé. Adolescent, il avait surtout vécu dans la terreur, mais il savait qu'il ne pouvait pas le révéler à Matthaios, qui dépendait entièrement de lui. Il avait également pris conscience que plus il se laissait guider par l'émotion plus les choses allaient mal pour eux. Un regard noir et une mine sombre n'inspiraient pas confiance aux touristes, qui étaient leur source de revenus. Il s'était donc entraîné à se maîtriser et à rester impassible en toutes circonstances. Devenu expert en la matière, il possédait un sang-froid à toute épreuve. Mais depuis que Danica était entrée dans sa vie ce dernier était mis à rude épreuve. Et ce soir-là il était pratiquement inexistant. Il regarda Bea s'éloigner avec un pincement au cœur. Comme il aimerait la retenir ! C'était si réconfortant de sentir contre lui son corps souple et chaud… Beaucoup d'autres femmes étaient vêtues de noir, si bien que malgré sa grande taille et sa grâce naturelle il la perdit bientôt de vue dans la foule. À sa grande irritation.

Tout en admirant les fresques et en prenant un air absorbé pour décourager toute tentative de conversation, Bea remarqua une petite fille de six ou sept ans avec des boucles blondes et une ravissante robe bleu pâle. Un peu à l'écart d'un groupe d'adultes qui riaient et discutaient avec animation, elle tirait régulièrement sur la jupe d'une des femmes pour attirer son attention, mais à chaque fois elle se faisait rabrouer d'un geste impérieux.

— Je ne savais pas qu'il y aurait une vraie princesse ici ce soir ! dit Bea en s'approchant d'elle.

— Une vraie princesse ? Où est-elle ? demanda la petite fille, les yeux brillants.

Bea prit un air étonné.

— N'est-elle pas juste devant moi ?

La petite fille se retourna.

— Où ça ?

— Ici, répondit Bea en la montrant.

— Je ne suis pas une princesse.

— Ah bon ? J'ai du mal à le croire.

La petite fille rosit.

— Je suis américaine, dit-elle en gloussant. Chez nous il n'y a pas de princesses.

— En théorie, tu as sans doute raison. Pourtant j'aurais juré que tu en étais une. Vous amusez-vous bien, Votre Altesse ?

Un sourire ravi illumina le visage de la petite fille, puis il s'estompa presque aussitôt.

— Hum… je dois dire la vérité ?

— Bien sûr.

— Non. Je déteste les bals. C'est très ennuyeux.

— Ça peut arriver, oui. Tu vas souvent dans des bals ?

— Oui, trop souvent. À cause du travail de papa. Et je déteste ça. Il n'y a jamais d'autres enfants et je n'ai rien d'autre à faire que de rester tranquille et d'attendre.

Bea hocha la tête en prenant un air compatissant.

— Je pensais exactement comme toi à ton âge.

— C'est vrai ? Maman dit que je ne connais pas ma chance. Elle dit qu'elle aurait aimé aller à des soirées chics à mon âge.

— Tout le monde est différent, mais j'ai toujours trouvé ce genre de soirées incroyablement ennuyeux.

— Tu étais obligée d'y aller quand tu étais petite ?

— Oh ! oui, tout le temps. À des soirées, à des spectacles... Je m'ennuyais et parfois j'étais si fatiguée que je m'endormais sur une chaise dans un coin !

— Et qu'est-ce qui se passait ?

— Mes parents ont arrêté de m'emmener.

Bea sentit son cœur se serrer. En fait, après la naissance des jumelles elle avait été envoyée en pension et elle n'avait plus vu ses parents adoptifs que quelques semaines par an.

— J'aimerais bien que les miens arrêtent aussi de m'emmener, dit la petite fille un peu trop fort.

Sa mère se retourna d'un air irrité, visiblement prête à la réprimander. Mais elle se ravisa en la voyant bavarder avec Bea.

— Tu sais, je m'occupais en jouant à des jeux. Tu veux que je t'explique ?

La petite fille hocha la tête avec enthousiasme.

— Eh bien, par exemple, tu pourrais compter d'abord toutes les femmes habillées en rose.

Bea promena son regard sur la foule.

— Il n'y en a pas beaucoup ce soir, donc ça ne devrait pas te prendre très longtemps. Ensuite, cherche les hommes qui ont des chaussures noires. Ensuite, les femmes qui portent des diadèmes. Et puis les hommes avec des cravates et ceux avec des nœuds papillons. Tu ne peux pas savoir comme ça aide à passer le temps.

Ares avait été retenu pendant presque une demi-heure par Harry. Tout en discutant il avait rongé son frein, espérant voir

Bea réapparaître d'un moment à l'autre. Mais elle semblait s'être évanouie et son impatience avait laissé place à l'irritation. Il avait circulé dans la salle pendant vingt minutes, trop souvent abordé par des connaissances ou des relations d'affaires avec qui il avait dû discuter quelques instants. Et tout à coup, alors qu'il fouillait la salle du regard pour la énième fois, il avait aperçu une femme assise par terre. Un comportement aussi extravagant, ça ne pouvait être qu'elle… Il se dirigea vers elle en évitant soigneusement toutes les personnes susceptibles d'avoir quelque chose à lui dire. Elle n'était pas assise mais accroupie à côté d'une petite fille, qui elle était assise en tailleur. Toutes les deux scrutaient la foule d'un même air concentré. Bea montra quelque chose du doigt et la petite fille éclata de rire.

Ares fut étreint par une émotion étrange et son irritation changea de cible. Il n'en voulait plus à Bea de son absence, mais à la foule de sa présence. Si seulement tous ces gens pouvaient disparaître ! Il n'avait qu'une envie, se retrouver seul avec Bea. Cette pensée lui fit ralentir le pas. Allons bon… Il n'avait pas amené Bea ici pour être distrait par elle. Il était sincère quand il lui avait dit qu'il voulait éviter les complications. Écourter la soirée était peut-être la solution la plus sage.

— Ares…

Bea sourit pour masquer son trouble et se leva.

— Vous voilà…

— Vous parlez comme si vous m'aviez cherché, mais je soupçonne que ce n'est pas le cas.

Confuse, elle sentit ses joues s'enflammer.

— Vous étiez occupé.

— Oui. Harry est mon associé dans un projet…

— En Argentine, d'après ce que j'ai compris.

— En effet.

— Qui est-ce ?

Bea se tourna vers la petite fille.

— C'est un ami. Ares Lykaios, je vous présente Son Altesse Royale la princesse Emily du Connecticut.

— Bonjour, princesse, rétorqua-t-il le plus sérieusement du monde. Enchanté de faire votre connaissance. Et merci d'avoir tenu compagnie à Bea pendant que je discutais avec quelqu'un.

— Je vous en prie.

Avec un grand sourire, Emily pointa l'index vers les chaussures d'Ares.

— Trente-neuf !

— Tu as raison, approuva Bea. Bien joué.

— Vous vous amusez bien ? demanda Ares.

Bea sourit à Emily.

— Nous passons un bon moment, n'est-ce pas ?

— Oh ! oui.

Ares pinça les lèvres. Les enfants le mettaient mal à l'aise. Depuis toujours. Bea, en revanche, semblait s'entendre à merveille avec cette petite personne.

— Nous pouvons y aller quand vous voulez. Si vous êtes prête ?

— Vraiment ? Vous n'êtes pas obligé de rester ?

— Non. J'ai fait une apparition. C'est tout ce qu'on attendait de moi.

Bea adressa un regard contrit à Emily.

— Ce n'est pas grave, dit la petite fille en lui pressant la main. Ça va aller. Je vais compter les perruques.

Elle battit des cils et Bea pouffa.

— Sujet sensible. Évite de montrer du doigt et de compter trop fort.

— Promis.

Ares prit la main de Bea et l'entraîna fermement loin d'Emily.

— Une amie à vous ?

— Une nouvelle amie. Une petite fille adorable un peu trop jeune pour être traînée à des soirées comme celle-ci.

— En effet, ce n'est pas exactement une soirée destinée aux enfants.

— La voir ici me rappelle à quel point je détestais ce genre de réceptions autrefois.

— Autrefois ?

Elle réprima une moue de dérision. Une fois de plus il se révélait très perspicace…

— Vous m'avez percée à jour. Je les déteste toujours. En temps normal il faut m'y traîner de force. Le fait que je sois ici avec vous ce soir donne une bonne indication de l'importance qu'attache London Connection à votre fidélité.

Pourquoi cette déclaration sonnait-elle aussi faux ? se demanda-t-elle avec dépit. Comme pour lui prouver qu'il n'était pas dupe, il prit une mèche de ses cheveux entre ses doigts et la cala derrière son oreille. Un frisson délicieux courut le long de son épine dorsale. De quoi parlait-elle, déjà ?

— Quand j'étais enfant j'ai été obligée de suivre mes parents dans des tas de réceptions de ce genre et j'en suis arrivée à les détester. Tout m'était insupportable. La nourriture, les rires forcés, les conversations mondaines…

Elle haussa les épaules.

— Un bon livre au calme dans mon salon et je suis la plus heureuse des femmes.

— En ce moment vous préféreriez être dans votre salon plutôt qu'ici ?

Elle déglutit péniblement. Il connaissait sans aucun doute la réponse aussi bien qu'elle…

— Je… Je passe une meilleure soirée que je ne m'y attendais, reconnut-elle d'une voix mal assurée.

Il la regarda un long moment dans les yeux en silence, puis il se détourna. Mais pas avant d'avoir murmuré :

— Moi aussi.

5.

La gondole, c'était une erreur. Il aurait mieux fait de s'abstenir. Mais il avait vu une telle nostalgie dans les yeux de Beatrice alors qu'elle regardait les longues barques noires glisser sur l'eau du canal… Il s'était entendu proposer : « Vous voulez faire un tour ? » Il avait demandé ça par politesse, bien sûr. Elle avait eu un petit sourire embarrassé et il avait retenu son souffle, persuadé qu'elle allait refuser. Mais elle avait fini par hocher la tête.

On était beaucoup plus à l'étroit qu'il ne l'avait imaginé sur la banquette, si bien qu'ils étaient assis hanche contre hanche et qu'il sentait sa chaleur se diffuser en lui.

— Vous vous y prenez bien avec les enfants.

Quoi de plus anodin comme sujet de conversation ? Ça tombait bien puisque cette soirée était purement professionnelle et qu'il n'avait pas la moindre intention de coucher avec elle.

— Merci.

Le silence qui suivit s'installa et se prolongea, un peu tendu. Il n'y avait aucune raison de le rompre. De toute façon, dès la fin de la promenade en gondole il serait temps de mettre fin à la soirée elle-même.

— Vous avez des frères et sœurs ? s'entendit-il demander.

Allons bon, une fois encore il avait parlé sans en avoir l'intention… Mais que signifiait ce sourire contraint ? Était-elle embarrassée ? Triste ?

— Mes parents adoptifs ont eu des jumelles quand j'avais sept ans. Annelise et Amarie.

— Vous avez donc dû avoir souvent l'occasion de faire du baby-sitting ?

Au-dessus de leurs têtes la lune était presque pleine et des reflets d'argent dansaient sur l'eau du canal, qui clapotait contre la coque en bois.

— Je suis allée en pension peu de temps après leur naissance. Je ne les voyais que pendant les vacances. Quelques semaines par an tout au plus.

La voix de Beatrice était monocorde. Elle donnait l'impression de réciter un texte appris par cœur depuis longtemps.

— Quel âge aviez-vous quand vous avez été adoptée ?

Ses doigts s'agitèrent sur ses genoux et elle baissa les yeux dessus.

— Trois ans.

Il attendit en silence qu'elle continue. Lorsqu'elle se décida ce fut d'une voix mal assurée.

— Ronnie et Alice essayaient d'avoir un enfant depuis longtemps. Des années de traitement et de multiples tentatives de fécondation in vitro n'avaient rien donné. L'adoption était leur dernier recours. Ce n'était pas du tout ce qu'avait envisagé Alice, mais c'était mieux que rien.

Plein de compassion pour la petite fille qu'elle avait été, Ares osait à peine respirer.

— L'arrivée des jumelles a été un véritable miracle. Elle avait plus de quarante ans quand elle est tombée enceinte. Sans aucun traitement, alors qu'on lui avait dit pendant des années que ça n'arriverait jamais. Vous pouvez imaginer avec quelle joie les filles ont été accueillies.

— Et vous vous êtes sentie rejetée ?

— Je me suis sentie rejetée parce que je l'ai été. De toute façon, je n'aime pas parler de ma famille.

Elle tourna la tête avec une moue amère, mais il lui prit le menton pour l'obliger à continuer à le regarder. Que lui prenait-il ? se demanda-t-il aussitôt, irrité contre lui-même.

Elle n'aurait pas pu être plus claire. Elle voulait qu'il la laisse tranquille. Alors pourquoi insistait-il ?

— Les familles, c'est souvent compliqué.

— Oui, répliqua-t-elle dans un souffle qui lui effleura la joue.

C'était une belle femme, mais il ne l'avait pas amenée à Venise avec l'idée de coucher avec elle. Pourtant... Impossible de nier le désir qui l'enivrait. Son corps était si souple et si chaud contre le sien...

— Ma famille, c'est Amy et Clare.

Il resta impassible malgré sa perplexité. C'était curieux de dire ça... Voulait-elle simplement lui expliquer qu'elle n'avait pas besoin de sa famille adoptive ? Ou bien évoquait-elle ses associées pour lui rappeler – ainsi qu'à elle-même peut-être – que leurs relations étaient avant tout professionnelles ?

Le passage d'une vedette provoqua un léger roulis qui fit basculer Bea vers Ares. Au lieu de se pencher en arrière pour tenter de garder ses distances, elle posa les mains sur son torse. Allons bon, que faire ? Choisir l'option honorable, rejoindre Enrico et emmener la jeune femme à l'aéroport pour la renvoyer à Londres ? Ou bien céder à cette furieuse envie de l'embrasser ? Il baissa les yeux sur sa bouche pulpeuse. C'était si tentant... Suivant son regard, elle effleura ses propres lèvres d'un doigt hésitant. Invitation à la fois timide et effrontée... Bon sang, c'était de plus en plus tentant ! Et alors ? Pourquoi résister ? Il lui avait expliqué qu'il fuyait les relations sentimentales. Il lui avait dit clairement que lorsqu'il sortait avec une femme c'était uniquement pour le sexe. Si elle était intéressée par ce qu'il avait à lui offrir, il serait stupide de refréner son envie. Non ?

— Dites-moi, aviez-vous une règle concernant le baiser ?

Bea avait du mal à respirer et son cerveau semblait sur pause. Que répondre ?

— Nous nous étions mis d'accord pour ne pas nous embrasser.

— Je crois que vous aviez dit également que nous ne devions pas nous toucher.

Ares lui lâcha le menton pour poser la main sur son genou et mille petites flèches de plaisir la transpercèrent. Parcourue de frissons, elle se rapprocha encore de lui, comme poussée par une force invisible.

— Dites-moi, maître, comment procède-t-on pour modifier les règles ?

Jamais elle n'avait eu la gorge aussi sèche… Elle était au bord d'un précipice et elle continuait d'avancer millimètre par millimètre au lieu de faire demi-tour. C'était insensé…

— Vous êtes un client.

— Pas ce soir.

Le visage d'Ares se rapprocha encore du sien. Il était tout près… si près que si elle relevait juste un tout petit peu le menton elle pourrait effleurer ses lèvres…

— Non ? Qu'êtes-vous donc, alors ?

— Ces règles sont les vôtres, éluda-t-il. Vous pouvez les enfreindre ou me demander de m'y plier. Je suis entre vos mains.

Elle sentit son pouls s'accélérer. Comment expliquer à un homme comme Ares Lykaios qu'elle n'avait rien à voir avec les femmes qu'il fréquentait d'habitude ? Que ce n'était pas du tout son genre de sortir avec de séduisants étrangers et de les embrasser sous la lune vénitienne ? Comment lui expliquer qu'elle était encore vierge à vingt-neuf ans ?

— Je ne pense pas que ce soit une bonne idée, murmura-t-elle. Je ne suis pas du tout votre genre.

Il eut un sourire qui atténua sa nervosité.

— Si vous préférez vous en tenir à notre accord, je respecterai votre décision. Mais prenez-la en fonction de vos inclinations plutôt que de celles que vous me prêtez. Pour ma part je sais exactement ce dont j'ai envie.

— Et c'est… ?

Il se pencha encore et leurs lèvres se touchèrent. Aussitôt, elle sentit ses dernières bribes de volonté l'abandonner.

— J'ai envie de passer la nuit avec vous.

Il effleura sa joue du bout des doigts, faisant jaillir des étincelles dans tout son corps.

— Juste une nuit. Rien de plus.

À l'entendre c'était si simple ! Si facile ! Sauf qu'avec Ares Lykaios rien ne serait jamais simple.

— Mais je suis…

Il captura sa bouche dans un baiser fougueux qui la transporta. Jamais elle n'avait éprouvé des sensations aussi inouïes. La gondole se balança dangereusement alors qu'elle s'installait sur les genoux d'Ares, mue par un élan irrépressible. Il glissa les mains sous sa veste, qu'il lui avait de nouveau mise lorsqu'ils étaient montés sur la gondole, et les posa sur ses hanches tout en approfondissant encore son baiser. Enivrée par le désir manifeste qu'elle lui inspirait, elle redoubla d'ardeur. Une main glissa sur sa hanche et se referma sur sa fesse. Elle tressaillit, à la fois décontenancée et galvanisée.

Elle se sentait souvent trop grande et terriblement gauche, mais entre les mains d'Ares elle devenait gracieuse, menue, légère… Sans savoir comment elle se retrouva à califourchon sur lui, les bras noués sur sa nuque et les seins écrasés contre son torse. Sans cesser de l'embrasser avec fougue il plaqua son bassin contre le sien. Au contact de son sexe durci, elle fut assaillie par une bouffée de panique, mais celle-ci fut très vite balayée par le désir qui la submergeait. Elle manquait d'expérience, mais il suffisait de se laisser guider par son instinct, non ? Dénouant les bras, elle se mit à couvrir son dos de caresses fébriles.

Il s'arracha à sa bouche le temps de crier quelque chose au gondolier, puis il s'en empara de nouveau avant qu'elle ait le temps de lui demander ce qu'il avait dit. Pourvu qu'il ait donné au gondolier l'adresse d'un hôtel… Dire que les hommes l'avaient toujours laissée indifférente ! Elle ne se reconnaissait plus. Ares Lykaios la rendait folle d'excitation sur une gondole à Venise…

— Au diable les règles, marmonna-t-il.

Sa main se glissa sous sa robe et remonta le long de sa jambe avant de s'immobiliser sur sa cuisse. Comme s'il sentait que c'était une limite pour elle. Qu'il fallait lui laisser un peu de temps avant de la franchir. Mais elle espérait bien qu'il allait la franchir ! Des frissons d'anticipation la parcoururent. Elle allait enfin perdre sa virginité et comprendre pourquoi le sexe semblait si important pour tout le monde ! Avec Ares Lykaios, elle savait que cette nuit serait mémorable !

Des vibrations étranges se déclenchèrent dans sa poitrine. Son cœur ? Il lui fallut quelques secondes pour comprendre. S'arrachant à la bouche d'Ares, elle posa la main sur son torse.

— Ça vibre dans ta poche.

Il la regarda d'un air hébété avant de comprendre à son tour.

— Je m'en moque, murmura-t-il en haussant les épaules.

Puis il glissa la langue entre ses lèvres avec lenteur, dans un baiser plus nonchalant mais tout aussi brûlant que les précédents. Au comble de l'excitation, elle se mit instinctivement à onduler des hanches. Les vibrations reprirent. Avec un gémissement de dépit, elle s'arracha de nouveau à la bouche d'Ares.

— Réponds et ensuite éteins ce maudit appareil !

Il arqua les sourcils, puis il poussa un profond soupir et sortit son téléphone de sa poche de poitrine. Il jeta un coup d'œil à l'écran, plissa le front et répondit d'un ton crispé.

— Oui ?

Après un silence il parla d'un ton vif en grec tout en la faisant descendre avec douceur mais fermeté de ses genoux. Le visage fermé, il dit encore quelques mots puis il mit fin à la communication. Et resta immobile. Figé. Au bout de quelques instants, il se ressaisit au prix d'un effort visible et s'adressa au gondolier.

— Ares ? Que se passe-t-il ?

Il la regarda presque comme s'il avait oublié sa présence.

— Beatrice.

Elle sentit son cœur se serrer. Ce ton, elle le connaissait bien. Elle avait trop souvent été traitée comme une présence encombrante pour ne pas comprendre…

— Il faut que je rentre chez moi immédiatement. Ça ne peut pas attendre, ajouta-t-il.

Inquiète, elle en oublia sa déception.

— Il est arrivé quelque chose ?

Pour toute réponse, il grimaça. Elle se maudit aussitôt. Oui, de toute évidence il était arrivé quelque chose. Mais quoi ? Quelques instants plus tard, le gondolier s'arrêta à côté de la vedette. Alors qu'il s'apprêtait à aider Bea à débarquer, Ares le devança. Attentionné, mais le visage toujours aussi fermé. Avec un pincement au cœur elle enleva sa veste et la lui rendit.

— Vas-y, dit-elle en indiquant la vedette. Moi je vais prendre un *motoscafo* et lui demander de m'emmener à un hôtel.

Il plissa imperceptiblement le front et posa la main sur son dos pour l'entraîner avec lui.

— Je doute que tu trouves une chambre. Entre le bal et l'opéra, tout est complet.

— Il doit bien y avoir…

— Pas dans un hôtel correct.

Il connaissait mieux Venise qu'elle, inutile d'insister. À l'aéroport elle trouverait un vol pour Londres. Elle le suivit à bord de la vedette en s'efforçant de surmonter sa frustration. Mais malgré tous ses efforts celle-ci la rongea pendant tout le trajet, qui s'effectua dans un silence pesant. Dès leur arrivée, Ares s'éloigna à grands pas et elle le suivit tant bien que mal. Mais lorsqu'elle vit qu'il se dirigeait vers la zone réservée à l'aviation privée elle s'immobilisa. Un sixième sens dut l'alerter, car il se retourna vers elle.

— Viens. Il faut se dépêcher.

Son accent plus prononcé et son débit précipité dénotaient une certaine fébrilité.

— Vas-y. Moi je vais me débrouiller pour trouver un vol pour Londres.

— À cette heure-ci, il n'y a aucun vol commercial.

Elle jeta un coup d'œil à sa montre. Bien sûr, quelle idiote ! Il était presque minuit. Elle regarda autour d'elle.

— Alors je vais prendre une chambre à l'hôtel.

Elle indiqua un bâtiment voisin, à l'enseigne d'une chaîne internationale.

— Non.

Elle écarquilla les yeux.

— Pardon ?

— Je n'ai pas de temps à perdre, Beatrice. Je ne peux pas t'emmener à cet hôtel et je ne te laisserai pas y aller seule en pleine nuit. Il faut que tu viennes avec moi.

— Où ?

— Chez moi.

— Je ne sais même pas où c'est.

— C'est important ?

Elle lui lança un regard noir. Il soupira.

— En Grèce. C'est une urgence. Je n'ai pas le temps de discuter avec toi.

— Eh bien, ne discute pas, rétorqua-t-elle, au bord des larmes. Va de ton côté et moi je vais du mien. Je suis adulte et parfaitement capable d'aller jusqu'à cet hôtel et d'y prendre une chambre pour la nuit.

Il secoua la tête.

— Je ne veux pas prendre le risque qu'il t'arrive quelque chose et je n'ai pas le temps de t'y accompagner.

— On tourne en rond, Ares. Je viens de te dire que je suis capable d'y aller seule. Je n'ai aucune raison de venir avec toi. D'autant plus que tu as une urgence qui requiert toute ton attention. Alors, à moins de me kidnapper, tu vas être obligé d'accepter ma décision.

Il darda sur elle un regard étincelant. Puis il la rejoignit en deux enjambées, la souleva de terre comme si elle ne pesait rient et la hissa sur son épaule. Abasourdie, elle resta sans voix. Il avait déjà parcouru une centaine de mètres quand elle s'exclama avec indignation :

— Qu'est-ce que tu fais ?

— Je te kidnappe. Comme tu viens de me le suggérer.

6.

Il fallait reconnaître que les membres de l'équipage étaient parfaits. Ils exécutaient les procédures de prédécollage sans ciller comme si le voir arriver avec une femme furieuse sur l'épaule n'avait rien d'inhabituel. Ares se réjouit de leur professionnalisme sans être choqué outre mesure par son propre comportement.

S'il agissait ainsi ce n'était pas par envie de kidnapper Beatrice pour l'emmener chez lui. Même si toute la soirée il avait été hanté par des images d'elle dans son lit, les yeux brillants de désir. Non, c'était juste qu'après l'appel de sa gouvernante, Xanthia, il n'avait pas eu le choix. Cassandra, la nurse, avait quitté la villa après des heures de pleurs ininterrompus du bébé. Xanthia, elle-même grand-mère, était dans tous ses états. Impossible de faire autrement que de rentrer au plus vite. Ares jeta un coup d'œil à Beatrice. Assise en face de lui, elle ne cachait pas sa mauvaise humeur. En d'autres circonstances, il aurait été tenté de la dérider en utilisant des méthodes peu respectables… Le contact de sa cuisse à la peau soyeuse sous sa paume, les frissons de désir qui la parcouraient… Ces souvenirs étaient une véritable torture.

— Tu pourrais me dire ce qui s'est passé, déclara-t-elle d'un ton très calme. Ça paraît la moindre des choses.

C'était la première fois qu'elle ouvrait la bouche depuis le décollage et ils étaient presque arrivés à Athènes. Il réprima un soupir. Il n'avait aucune envie d'expliquer la situation, mais il le fallait bien.

— Il y a cinq mois, la femme de mon frère est morte, dit-il d'un ton neutre. Ça a été un choc terrible. Un problème pendant l'accouchement. Le bébé est né, une petite fille, mais ensuite Ingrid a eu une hémorragie et les médecins n'ont rien pu faire pour la sauver.

Bea étouffa un petit cri de consternation en portant une main à sa bouche dans un geste familier.

— Mon frère… il a du mal à s'en remettre et il m'a confié son bébé le temps de suivre un traitement.

La compassion qu'il lut dans les yeux de Bea hérissa Ares. Trop de gens l'avaient regardé ainsi quand il était adolescent. Il s'était juré de leur prouver qu'il n'était pas un objet de pitié.

— Bien entendu, j'ai engagé une nurse. Ma charge de travail ne me laisse pas le temps de m'occuper d'un enfant. Surtout un bébé. Malheureusement, cette nurse aux excellentes références n'a pas cessé de poser des problèmes dès le premier jour. Ma gouvernante vient de m'appeler pour m'informer qu'elle est partie.

— Cassandra, commenta Bea d'un air songeur.

— Comment sais-tu… ?

— Elle t'a appelé dans le bureau de Clare, expliqua-t-elle, les joues en feu.

— Oui, Cassandra, acquiesça-t-il avec dérision.

Mais pourquoi ce petit sourire sur les lèvres de Bea ? Elle lui souriait ? Ou elle se moquait de lui ? Ça n'avait aucun sens…

— Il faut que je rentre chez moi pour voir où en sont les choses.

Elle le considéra un instant en silence, puis elle hocha lentement la tête.

— Si tu m'avais expliqué ça plus tôt, je ne me serais pas emportée contre toi à l'aéroport.

— Ça ne m'est pas venu à l'esprit. J'étais trop préoccupé. Mais bien sûr je prendrai les dispositions nécessaires pour que tu puisses prendre l'avion pour Londres demain.

Elle n'eut pas de réaction notable, et pourtant une lueur imperceptible s'alluma dans son regard. De la déception ? Ou bien prenait-il ses désirs pour des réalités ?

— Ne t'inquiète pas pour moi, répliqua-t-elle. Je peux me débrouiller seule.

Les parents adoptifs de Bea possédaient un grand manoir dans la campagne anglaise. Le genre de propriété avec de grandes pelouses onduleuses, une rivière pleine de truites, des écuries qui étaient restées vides pendant des années, jusqu'à ce que les jumelles expriment le désir de se mettre à l'équitation. Un désir qui n'avait pas duré plus de trois mois. Cependant, les chevaux étaient toujours là. Ils trouvaient parfois le moyen de quitter leurs enclos pour s'introduire dans le verger, où ils s'offraient un festin de fruits. À la grande irritation d'Alice Jones, adepte du fruitarisme, qui considérait ces incursions comme des déclarations de guerre. La maison elle-même datait de la période Tudor, mais de nombreux travaux de rénovation avaient été effectués au cours des dernières années. Elle comptait entre autres dix chambres avec salle de bains attenante, plusieurs salons et trois salles à manger. Il y avait également trois piscines, dont une réservée au plongeon, construite spécialement pour Amarie à l'époque où elle avait décidé de devenir plongeuse olympique. Projet qu'elle avait abandonné une semaine avant la fin des travaux pour se mettre à la batterie.

Le luxe n'était donc pas étranger à Bea. Pourtant, depuis qu'elle était montée à bord du jet privé d'Ares à l'aéroport de Londres, elle avait le sentiment d'être entrée dans une nouvelle dimension de l'opulence.

À leur descente d'avion à Athènes, une limousine les attendait pour les conduire quelques centaines de mètres plus loin, jusqu'à un hélicoptère noir rutilant aux vitres teintées. Silencieux, Ares devenait de plus en plus distant au fur et à mesure que les minutes passaient. Elle tenta de se distraire en regardant par la vitre et s'efforça de ne pas se remémorer leur tour en gondole. Dire qu'à ce moment-là elle avait l'impression de pouvoir lui parler à cœur ouvert, lui dire tout ce qui lui passait par la tête… À présent, il était impossible de voir en lui autre chose qu'un self-made-man particulièrement prospère, qu'il était primordial de garder comme client pour London Connection.

Curieusement, elle ne pouvait pas s'empêcher de penser au jour où l'école l'avait renvoyée chez elle pour suspicion de varicelle. Ses parents n'avaient pas reçu le message les prévenant de son retour et la porte d'entrée était fermée. N'ayant jamais eu sa propre clé, elle avait fait le tour de la maison pour regarder par la fenêtre de la salle à manger. À la vue de ses parents et de ses sœurs dînant ensemble, elle avait été étreinte par une souffrance inoubliable. Jusque-là elle avait réussi à se mentir et à trouver des explications à la différence de traitement entre ses sœurs et elle. Mais à cet instant elle avait dû se rendre à l'évidence. Elle était une étrangère pour sa famille. Ni ses parents biologiques ni ses parents adoptifs ne lui avaient jamais donné l'amour qui lui aurait permis de se sentir spéciale et irremplaçable.

À partir de ce soir-là elle n'avait plus jamais cherché de l'affection auprès de sa famille ni de personne d'autre. Rester seule était plus facile et beaucoup moins dangereux.

L'hélicoptère commença à descendre. La pleine lune éclairait la côte, sur laquelle étaient éparpillées quelques maisons, distantes les unes des autres de plusieurs kilomètres. Celle vers laquelle se dirigeait l'hélicoptère, en forme de pavé droit, était très élégante avec ses lignes pures et ses murs blancs illuminés par une lumière chaude. L'eau turquoise de la piscine éclairée par des spots immergés achevait de lui donner l'allure d'une résidence hôtelière cinq étoiles. L'hélicoptère descendit encore et se posa sur le toit. Ares déboucla aussitôt sa ceinture et se leva, prêt à descendre.

— Que s'est-il passé ? demanda-t-il en arrivant dans le salon, obligé de crier pour couvrir les hurlements du bébé.

Il s'efforça de surmonter la panique qui montait en lui. Non, Danica n'était pas malade. Elle n'avait rien de grave. Impossible d'envisager cette explication.

— Elle n'arrête pas de pleurer, répondit Xanthia en grec.

Bien que lui ayant à peine adressé la parole depuis leur départ de Venise, il était très conscient de la présence de Bea juste derrière lui. Il passa machinalement à l'anglais.

— Pour quelle raison ?

— Aucune, répondit Xanthia dans la même langue.

Elle en parlait plusieurs, condition nécessaire pour obtenir le poste de gouvernante, Ares ayant plusieurs résidences à gérer à travers le monde.

— Après avoir pris son bain, elle a refusé de manger. Quand Cassandra a essayé de la mettre au lit elle s'est mise à pleurer et rien n'a pu la calmer.

— Pourquoi ? s'exclama-t-il avec incrédulité. Ne devrait-elle pas être fatiguée ?

Xanthia le regarda comme s'il était stupide. Et à vrai dire c'était exactement l'impression qu'il avait lui-même. Mais les bébés n'étaient-ils pas censés avoir juste besoin de manger et de dormir ?

— Et ça a été comme ça tout le temps ?

— Oui, indiqua Xanthia en berçant le bébé dans ses bras, ce qui déclencha des pleurs encore plus bruyants

— Vous dites qu'elle n'a pas mangé… Est-il possible qu'elle ait faim ? demanda une voix derrière lui.

Xanthia se tourna vers Bea, la jaugeant visiblement d'un coup d'œil.

— Elle est toute petite. Son dîner consiste en quelques cuillerées de céréales et un biberon de lait.

— Oui, mais quand même…

Bea s'approcha du bébé et toucha son front.

— Elle est chaude. Mais c'est sans doute parce qu'elle est agitée. Je peux ? demanda-t-elle en tendant les mains.

— Oh ! oui, répliqua aussitôt Xanthia. Je l'ai dans les bras depuis des heures. Prenez-la, je vous en prie.

— Vous pourriez préparer son biberon ?

Bea prit le bébé, puis sans détacher les yeux de son petit visage elle ajouta :

— Ares, je pense qu'un gant humide pourrait aider à la calmer. Tu veux bien aller en chercher un ?

Il resta interdit. Il s'attendait au mieux à ce qu'elle reste en retrait, ou au pire à ce qu'elle recommence à manifester sa contrariété pour avoir été contrainte de le suivre jusque chez lui. La voir prendre le contrôle de la situation était tout à fait inattendu ! Même Danica semblait se calmer un peu dans ses bras…

— Oui, bien sûr, répondit-il avec un temps de retard avant de quitter la pièce.

Il revint dans le salon au même moment que Xanthia. Ils s'immobilisèrent tous les deux en échangeant un regard interloqué. Danica ne pleurait plus. Ses joues étaient rouges et trempées de larmes, mais elle ne pleurait plus. En se rapprochant il entendit la voix de Bea, qui chantait doucement dans une langue qu'il ne connaissait pas. Proche de l'anglais mais différente. Une langue qui lui évoquait les Elfes et la Terre du Milieu.

— Oh ! mes oreilles, murmura Xanthia avec un grand sourire.

Son chignon gris était à moitié défait après des heures à tenter de consoler un bébé en pleurs. Il tendit le gant à Bea, mais elle secoua la tête.

— Elle a moins chaud maintenant qu'elle a arrêté de pleurer. Mais un mouchoir en papier, peut-être ?

Il hocha la tête mais ne bougea pas. C'était incroyable de voir quelqu'un aussi à l'aise avec le bébé. Depuis son arrivée chez lui, c'était la première fois que Danica semblait paisible.

Xanthia tendit le biberon à Bea. Lorsque celle-ci le prit, son regard croisa celui d'Ares et ce fut comme si un arc électrique se formait entre eux. Le souffle coupé par l'intensité des sensations qui le traversaient, il serra les dents et crispa le poing dans sa poche.

— Le mouchoir, rappela-t-elle avec un regard entendu et l'esquisse d'un sourire.

— Oui, le mouchoir.

Il s'éloigna à contrecœur et s'arrêta devant Xanthia.

— Vous devriez aller vous coucher. Merci pour avoir assuré la permanence ce soir. Je vous suis redevable.

— Oh ! pas de problème, Ares, dit-elle en repassant au grec. Le pauvre petit ange était impossible à calmer. Jusqu'à votre arrivée avec la femme qui murmure à l'oreille des bébés. Cette nurse promet d'être beaucoup plus efficace que l'autre.

Il faillit la détromper, mais il se ravisa alors que ses paroles résonnaient en lui. « Cette nurse ». Il jeta un coup d'œil à Bea par-dessus son épaule. Pas étonnant que Xanthia ait eu cette idée. Bea était si à l'aise avec le bébé qu'elle pouvait aisément passer pour une nurse malgré sa tenue habillée…

— Où est sa chambre ? murmura Bea en caressant l'épaule de l'adorable petite fille.

Ares était resté là à les regarder pendant les vingt minutes qui avaient été nécessaires pour donner son biberon à Danica et l'endormir en la berçant doucement.

— Je vais te montrer.

Elle se leva lentement. Il y avait des années qu'elle n'avait pas tenu un bébé dans ses bras, mais tous les réflexes acquis en aidant son amie Priti avec son bébé revenaient avec une facilité surprenante. Tenir Danica, lui donner le biberon, la bercer pour l'endormir, tout cela avait réveillé chez Bea une émotion qui l'avait prise au dépourvu. L'éveil d'un instinct maternel auquel elle ne s'attendait pas et qu'elle refusait.

Elle n'aurait jamais d'enfants. Il y avait longtemps qu'elle l'avait décidé. En suivant Ares, elle profita de ce que le bébé dormait pour découvrir la maison. Murs blancs, sol en béton ciré, mobilier scandinave, le décor ultramoderne était très sobre. Les seules touches de couleur étaient apportées par des tableaux abstraits accrochés dans des niches aménagées dans les murs, et éclairés par des spots comme dans les galeries d'art. Quand Ares la précéda dans l'escalier en bois impeccablement ciré, elle oublia un instant le décor à la vue de ses longues jambes et de ses fesses rondes moulées par son pantalon. La gorge sèche, elle détourna les yeux et se concentra sur les marches en prenant soin de les monter en douceur afin de ne pas réveiller Danica.

Ares s'arrêta sur le palier et indiqua une porte ouverte qui donnait sur le couloir. Elle se dirigea vers elle en s'efforçant de ne pas se demander derrière quelle autre porte se trouvait sa chambre. Celle du bébé était une chambre d'amis dans laquelle avait été installé un berceau. Et devant la fenêtre il y avait un rocking-chair. Elle posa délicatement Danica dans le berceau en fredonnant *Calon Lân,* puis elle posa un instant la main sur son ventre avant de la retirer progressivement quand il fut clair qu'elle dormait profondément.

Se redressant, elle se tourna vers Ares et lui adressa un sourire timide. Elle ne savait pas quoi dire, tout à coup. En tout cas, pas question de parler à côté du bébé. Ce dont le pauvre petit ange avait le plus besoin c'était une bonne nuit de sommeil. Dans le couloir, Ares posa la main dans son dos pour l'entraîner vers l'escalier. Électrisée, elle s'agrippa à la rampe. Au rez-de-chaussée il traversa le salon, ouvrit la baie vitrée et l'invita du regard à sortir. Après une hésitation elle le rejoignit, et la fraîcheur lui fit apprécier d'avoir encore sa veste sur le dos. L'air était salé, et le clapotis des vagues offrait un bruit de fond apaisant.

— Tu t'y prends bien avec les enfants.

Elle se tourna vers Ares avec un sourire crispé.

— Elle était juste très agitée. Les bébés ne savent pas toujours se calmer. Ils ont besoin qu'on les aide.

Il secoua la tête.

— La nurse que j'avais engagée avait d'excellentes références, mais elle ne s'en sortait pas. Personne n'arrivait à rien avec Danica.

— J'ai du mal à le croire.

— Je ne l'invente pas.

— Ce n'est pas ce que j'ai voulu dire. C'est juste que... c'est un bébé, Ares. Elle a... cinq mois, c'est ça ?

Il hocha la tête.

— C'est si petit ! Et il y a eu des tas de changements dans sa vie. Les bébés sentent mieux les choses qu'on ne le pense.

— Et tu es la seule personne capable de la calmer.

— Ce n'est pas vrai.

— Comment se fait-il que tu savais quoi faire ?

Elle sourit.

— Quand j'étais à l'université ma colocataire, Priti, est tombée enceinte. De manière inattendue, à la suite d'une aventure sans lendemain. Le père n'était pas au courant. Elle voulait absolument poursuivre ses études, et comme nous suivions les mêmes cours nous nous sommes organisées pour nous partager le travail universitaire et les soins au bébé. C'était une période de folie, se rappela-t-elle en riant. J'assistais aux cours et je les enregistrais pour elle, nous enchaînions les lessives et les biberons, et nous travaillions pendant que Nikki dormait. Ce n'était pas un bébé facile. Je dirais même qu'elle était carrément difficile à vivre. Certaines nuits ça prenait des heures de l'endormir. Des *heures,* sans exagération. Certains bébés sont comme ça.

Ares ne réagissant pas, elle reprit précipitamment pour meubler le silence.

— Si ça peut te consoler, je peux t'assurer que ce bébé difficile est à présent une préadolescente qui pique rarement des colères et qui dort très bien. Par conséquent, ça s'arrange avec le temps.

Ares se raidit visiblement.

— Avec un peu de chance elle ne sera pas un problème pour moi encore très longtemps.

Bea étouffa une exclamation indignée.

— Ce n'est pas une façon de parler de ta nièce.

— Depuis son arrivée elle n'a pas cessé de hurler. Toute rouge et visiblement très en colère.

Elle ne put s'empêcher de sourire.

— Elle n'était pas en colère. Incomprise est un terme plus approprié.

— J'ai payé une nurse pour la comprendre.

— Apparemment, ça n'a pas très bien marché.

— De toute évidence, Cassandra n'était pas le bon choix.

— Apparemment.

Le silence s'installa. De plus en plus électrique au fil des secondes. Bea déglutit péniblement. Pourquoi avait-elle l'impression qu'une force invisible la poussait vers Ares ? Les efforts qu'elle devait fournir pour y résister étaient épuisants… Pourvu qu'elle ne flanche pas !

— Mon frère devrait rester à l'hôpital encore quelques semaines. J'ai besoin de quelqu'un qui s'occupe de Danica pendant qu'elle reste avec moi.

— Tu peux peut-être trouver une nurse qui a plus d'expérience avec les enfants agités ? Ça demande des compétences particulières, mais si tu précises à l'agence que…

— Je n'ai pas l'intention de rappeler l'agence, coupa-t-il en secouant la tête.

— Mais alors… comment comptes-tu trouver quelqu'un ?

Il posa un doigt sur ses lèvres pour la réduire au silence comme il l'avait déjà fait une fois au bureau, à Londres.

— Je l'ai déjà trouvé.

Elle plissa le front. Quand il était aussi près d'elle, c'était impossible de garder les idées claires…

— Danica est une enfant difficile, tu as raison. Mais tu as réussi facilement à la calmer.

— C'est juste une question d'expérience.

— C'est ce dont j'ai besoin.

Elle le considéra avec méfiance. Il n'était tout de même pas en train de suggérer… ?

— Tu es conscient que j'ai un emploi ?

— Malheureusement pour toi, *agápi mou,* tu as abaissé ton jeu trop tôt.

Elle resta silencieuse.

— Je sais que mon contrat est très important pour London Connection.

Elle ouvrit de grands yeux.

— Je sais aussi que tu ferais à peu près n'importe quoi pour me satisfaire.

— Ares, murmura-t-elle d'une voix suppliante. Ce soir je t'ai rendu service avec plaisir, mais je ne peux pas quitter mon emploi, mon véritable emploi, pour jouer à la baby-sitter. Même si le bébé est adorable.

Et l'oncle très sexy, ajouta-t-elle *in petto.*

— Malheureusement, je suis pris à la gorge. Sinon je n'envisagerais pas un seul instant de recourir au chantage pour t'obliger à rester ici pour le mois.

— Un mois ?

Était-ce vraiment de l'excitation qui faisait battre son cœur aussi vite ? se demanda-t-elle avec effarement.

— Le traitement de mon frère durera quelques semaines au moins. Disons un mois, par précaution.

— Nous ne « disons » rien du tout, Ares. Je n'accepte pas de rester.

— Bien sûr que si, tu acceptes. Tu n'as pas le choix.

Elle secoua la tête. Il émit un grognement de frustration.

— Je préférerais ne pas être obligé de te contraindre par la menace, Beatrice. Reste parce que nous… parce que j'ai besoin de ton aide. Parce que je dois à tout prix aider Danica.

Reste parce que c'est la chose à faire. Comme c'était la chose à faire d'aider Priti à terminer ses études. Reste parce que je suis pris à la gorge.

Il se rapprocha d'elle.

— Reste parce que tu as envie de terminer ce que nous avons commencé sur la gondole cette nuit, et qu'un mois nous laisse amplement le temps de le faire.

Elle fut assaillie par une bouffée de désir et simultanément son cœur se gonfla d'espoir. Mais son cerveau commençait à se réveiller tant bien que mal. Sur la gondole il n'avait été question que d'une seule nuit, pas d'un mois entier… Un mois entier sous le même toit ? Trop dangereux… Non, c'était impossible.

— Ce n'est pas aussi simple. Je ne peux pas laisser tomber ma vie du jour au lendemain.

En voyant la mâchoire d'Ares se crisper, elle réprima une moue de dérision. De toute évidence, il n'avait pas l'habitude de s'entendre répondre non. Il allait sans doute l'embrasser pour tenter de la convaincre. Ou lui jeter de l'argent à la figure. Ou peut-être même renouveler son chantage… À sa grande surprise il ne choisit pas une de ces méthodes, mais il vanta les avantages de sa proposition.

— Je travaille très souvent d'ici. J'ai de l'espace pour deux et un équipement à la pointe de la technologie. Et, si tu crains de ne pas réussir à concilier les tâches liées à la garde de Danica et celles que tu ne peux pas déléguer à tes collaborateurs à Londres, nous pouvons trouver une solution.

Il réfléchit un instant.

— Xanthia m'a parlé d'une jeune fille du village qui fait du baby-sitting. Elle peut venir s'occuper de Danica pendant la journée, du moment que tu acceptes d'intervenir en cas de problème, pour que tu aies du temps à consacrer à ton travail. C'est d'accord ?

Comme elle aimerait refuser ! Juste pour le contrarier, parce qu'il désorganisait sa vie avec une efficacité exaspérante.

Mais cette force invisible recommençait à la pousser vers lui… à lui faire entrevoir une vie moins prévisible, moins raisonnable. Amy et Clare ne lui répétaient-elles pas sans cesse de se fier davantage à son instinct ? Eh bien, son instinct l'incitait à sauter d'abord et à réfléchir plus tard. Il le lui avait soufflé toute la soirée. Et voilà qu'Ares lui offrait le moyen de le faire.

— Quelle est cette expression sur le beurre et l'argent du beurre ?

— « On ne peut pas avoir le beurre et l'argent du beurre », répondit-elle distraitement en posant la main sur le torse d'Ares, de plus en plus tentée.

— Oui, c'est ça. Eh bien, n'est-ce pas justement une solution qui nous permet d'avoir les deux ?

Elle soupira.

— C'est… compliqué.

Ce baiser qu'ils avaient échangé sur la gondole semblait loin, si loin… C'était comme s'il avait été vécu par quelqu'un d'autre. Elle avait du mal à croire qu'elle s'était sentie aussi libre sur le moment !

— Pourquoi ?

Elle baissa les yeux, au comble de l'embarras.

— Je ne suis pas quelqu'un qui… qui s'engage dans des relations de manière désinvolte.

Ares resta silencieux. Elle sentit son estomac se nouer. Sans le regarder elle savait exactement de quel air il l'étudiait, cherchant à comprendre ce qu'elle ne disait pas… Et pourtant ils venaient à peine de se rencontrer. Comment était-ce possible ?

— Je veux dire que ça ne m'est jamais arrivé.

— De t'engager dans une relation ? Laisse-moi te rassurer tout de suite, Beatrice. Je ne propose rien de sérieux. Ce serait juste un arrangement à court terme.

— Ce n'est pas ça… Ce que je veux dire c'est que… je n'ai jamais…

Non, impossible de le dire. Elle avait vingt-neuf ans et elle était encore vierge. D'ordinaire ça ne lui posait pas de problème, mais aujourd'hui… l'avouer à Ares, ce serait mortifiant.

— Quoi donc ? Tu essayes de me dire que tu es vierge ou quelque chose dans le genre ?

Elle déglutit péniblement. Il n'y avait pas trente-six mille façons d'énoncer la vérité. Relevant le menton, elle se força à le regarder dans les yeux.

— Oui, c'est exactement ça. Je suis encore vierge à vingt-neuf ans. Tu es sûr que tu veux toujours inclure le sexe dans ta proposition ?

7.

Suffoqué, Ares resta un instant sans voix. C'était impossible…

— Tu as dit que tu avais vingt-neuf ans.

Elle détourna les yeux.

— Et qu'avant de rejoindre London Connection tu étais associée principale dans un cabinet d'avocats.

Elle hocha la tête.

— Tu es une femme intelligente, belle et généreuse. Âgée de vingt-neuf ans. Et pourtant tu n'as jamais couché avec un homme ?

Elle était écarlate et il la trouvait fascinante. Pourquoi son désir pour elle s'intensifiait-il encore ? Il aurait dû au contraire être refroidi par son aveu, non ? Peut-être, mais comment oublier ce baiser sur la gondole ? Comment oublier le naturel avec lequel elle s'était installée sur ses genoux, la sensualité avec laquelle elle s'était pressée contre lui en ondulant des hanches ? Il plissa les yeux.

— D'accord, tu n'as jamais couché avec un homme. Mais visiblement tu as quand même une certaine expérience.

Elle déglutit péniblement.

— Tu veux tout savoir de ma vie privée, à présent ?

— J'estime que j'ai droit à une explication.

Non, ce n'était pas tout à fait exact. Il n'estimait pas avoir droit à quoi que ce soit. Mais il *voulait* une explication et il espérait bien qu'elle allait la lui donner.

Elle poussa un petit soupir et se mordit la lèvre.

— Ça n'est pas important.

— Permets-moi de ne pas partager cet avis.

Elle tressaillit, visiblement blessée. Il regretta aussitôt ses paroles. Mais, bon sang, il n'était pas plus à l'aise qu'elle…

— Je ne t'ai pas induit en erreur intentionnellement. Je ne suis pas allée à Venise avec une idée derrière la tête. Pour moi cette soirée était une obligation professionnelle. Rien de plus. Le tour en gondole…

Le regard de Bea se perdit dans le vague et il fut pris d'une furieuse envie de l'embrasser. Qu'il réprima aussitôt avec résolution. Pas question de céder à ses impulsions maintenant. Pas avant d'avoir compris exactement à qui il avait affaire. Une religieuse ayant quitté les ordres ? Une rescapée d'une secte ? Qu'une femme puisse être encore vierge à vingt-neuf ans au XXI° siècle paraissait extravagant.

— Ce qui s'est passé sur la gondole était tout à fait inattendu. À mettre sur le compte de la magie du clair de lune, ou quelque chose comme ça, commenta-t-elle avec un petit rire gêné. Et, comme tu le sais, venir ici n'a jamais été dans mon intention. Tu m'as kidnappée, tu te souviens ?

S'il se souvenait ? Chaque seconde de la soirée qu'ils avaient passée ensemble était gravée dans sa mémoire…

— Tu as décidé de vivre dans la chasteté jusqu'au mariage ?

Les traits de Bea furent déformés par une grimace de dégoût viscérale. Une réaction qu'il aurait sans doute trouvée amusante dans d'autres circonstances…

— Ne dis pas n'importe quoi. Je ne me marierai jamais.

— Nous sommes deux. Mais alors quelle est l'explication ?

Elle pencha la tête en arrière en fermant les yeux.

— Sommes-nous vraiment obligés de parler de ça ?

— Aide-moi à comprendre et ensuite je laisserai tomber.

Rien ne l'autorisait à exiger des réponses de la part de Bea, reconnut-il intérieurement. Mais il se connaissait assez bien pour savoir qu'il n'aurait pas l'esprit tranquille tant qu'il n'aurait pas compris. Il aimait que les choses aient du sens. Or, cette histoire n'en avait aucun.

— C'est vraiment si important ? Je n'ai jamais rencontré personne avec qui j'ai eu envie de coucher, c'est tout.

— Tu n'as pas subi l'influence de tes hormones à la puberté ?

— J'étais dans une école de filles et je travaillais avec acharnement. Je n'avais pas de temps à consacrer aux garçons.

Il ne put s'empêcher de sourire. Il l'imaginait bien dire exactement ça aux amies qui auraient essayé de la détourner du droit chemin à l'époque.

— Et à l'université ?

— Pareil, Ares. J'étudiais. Tout le temps. Certains étudiants semblaient être là pour se faire des amis, mais pas moi. Je travaillais beaucoup, et le peu de temps libre que j'avais je le consacrais à aider Priti avec le bébé. J'ai obtenu mon diplôme avec mention très bien et on m'a proposé un emploi à prendre dès le début de l'été.

— Et tu n'es jamais sortie avec un seul garçon pendant toutes tes études ?

Les yeux de Bea lancèrent des étincelles.

— Ça ne m'intéressait pas. Les hommes ne m'intéressaient pas. Les entendre débiter des serments d'amour pour m'attirer dans leur lit ne m'intéressait pas. Je voyais trop d'amies tomber dans le piège. Elles en ressortaient avec le cœur brisé. J'avais décidé de m'épargner ça. Les hommes, franchement… ils sont nuls.

La souffrance qui transparaissait dans ce discours provocant serra le cœur d'Ares.

— Le sexe n'est pas forcément synonyme de cœur brisé. Je suis désolé que tu sois passée à côté d'une expérience aussi fantastique pendant tant d'années, uniquement par peur.

— Je n'ai pas peur.

— Si c'est vrai, ma proposition devrait t'intéresser. Je ne te briserai pas le cœur, Bea, parce que je ne le veux surtout pas. Je ne te ferai pas de promesses, je ne te mentirai pas. Je ne t'offre rien d'autre que du sexe.

Il esquissa une moue de dérision.

— Rien de plus compliqué que ça.

Bea se mordit la lèvre. Elle était tentée, il le sentait. Mais il était trop tôt pour crier victoire. Dire qu'il serait son premier amant… À cette pensée, il fut assailli par une bouffée d'euphorie.

— Je pense que rester serait stupide de ma part, dit-elle d'un ton crispé.

— Oh ! ne te trompe pas, Beatrice. Si tu estimes qu'il est important pour London Connection de me garder comme client, tu vas rester ici.

Ce chantage était indigne de lui, mais tant pis. Il avait trop besoin de quelqu'un qui sache s'occuper de Danica.

— Je n'arrive pas à le croire, murmura-t-elle. Tu me demandes de coucher avec toi, et la minute d'après tu me fais du chantage ?

— Le chantage, ce n'est pas pour que tu couches avec moi, c'est juste pour que tu t'occupes de Danica.

Comme si c'était moins odieux… Depuis quand était-il tombé aussi bas ? Mais c'était pour une bonne cause, se dit-il aussitôt. Il devait tout faire pour protéger Danica.

— Juste pour que je reste en plan pendant un mois dans cette luxueuse forteresse ?

Il serra les dents.

— Considère ça comme une mission.

— Je suis juriste. Je n'effectue pas de missions.

— Tu fais également partie de la direction de London Connection, n'est-ce pas ?

— Arrête de brandir cette menace, ordonna-t-elle en plongeant dans le sien un regard glacial. Tu n'as pas besoin de me rappeler l'importance de ton contrat pour London Connection. Mais si tu me connaissais un peu, Ares, si tu avais écouté tout ce que j'ai dit ce soir, tu aurais su qu'il était inutile d'utiliser des méthodes aussi indignes pour parvenir à tes fins.

Il eut l'impression de recevoir un coup de poing en pleine poitrine, mais il resta impassible.

— Je t'ai expliqué que j'avais mis ma vie entre parenthèses pour aider Priti à s'occuper de son bébé. Ce soir, au bal, j'ai passé une heure avec une petite fille que je ne connaissais pas, uniquement parce qu'elle me faisait de la peine. Il t'aurait suffi de plaider la cause de Danica pour me convaincre de rester. Tu n'avais pas besoin de te conduire de manière aussi abjecte.

Il répondit en toute franchise.

— Je ne pouvais pas prendre le risque d'un refus. J'aurais pu faire appel à ta compassion, bien sûr, mais sans avoir la certitude que ça marcherait. L'expérience m'a appris que les gens étaient toujours motivés par l'argent.

Elle eut un petit rire méprisant.

— Ce n'est pas l'argent qui me motive, espèce d'idiot. C'est tout simplement le respect des autres et l'amour. Mon amour pour Clare et Amy, et pour l'agence qu'elles ont créée. Pour les clients dont elles s'occupent avec un dévouement sans bornes.

Les poings sur les hanches, elle darda sur lui un regard plein de dédain.

— Quand je pense que Clare travaille comme une folle pour toi !

L'idée qu'elle le méprisait était insupportable, mais pas question de le montrer.

— Ça signifie que tu restes, je suppose ?

Les traits crispés, elle ferma les yeux.

— Évidemment. Mais pour ce qui est de coucher avec toi ça ne m'intéresse plus, ajouta-t-elle en s'avançant vers lui pour presser un doigt sur son torse.

Il réagit par pur instinct, sans avoir le temps de réfléchir. Il saisit son doigt pour écarter sa main de son torse et s'empara de sa bouche. Dans un baiser impérieux qui n'avait rien à voir avec celui de la gondole. Un baiser rageur et dominateur. Loin de résister, elle se laissa aller contre lui en gémissant. Le contact de son ventre contre son sexe durci faillit lui faire perdre le peu de sang-froid qui lui restait. Il serait si facile de céder à ce désir brûlant et de lui prouver à quel point elle était malhonnête ! Mais il avait déjà largement dépassé les limites de l'ignominie… Il s'arracha à sa bouche et la foudroya du regard.

— Tu peux te mentir autant que tu veux, Beatrice. Répète-toi que tu ne veux pas coucher avec moi si ça t'arrange. Mais à moi ne me mens pas. Sinon je me ferai un plaisir de rétablir la vérité.

Il traversa la pièce à grands pas et décrocha l'Interphone en prenant soin de lui tourner le dos pour tenter de se ressaisir. Il dit quelques mots, raccrocha et se retourna. La honte le submergea. Très pâle, elle tremblait comme une feuille. Malgré le remords qui l'accablait, il se refusa à montrer le moindre signe de faiblesse.

— Un membre du personnel va te conduire à ta chambre. Bonne nuit, Beatrice.

Elle mourait d'envie de l'étrangler. Oh oui, refermer les mains sur son cou et serrer de toutes ses forces ! Mais en réalité c'était surtout contre elle-même qu'elle était furieuse. Comment avait-elle pu être assez stupide pour répondre à son baiser ? Pour se laisser aller contre lui en gémissant ? Il avait raison. C'étaient les hormones.

Toute la nuit elle resta éveillée dans un lit somptueux, les yeux fixés au plafond. Romprait-il réellement son contrat avec London Connection si elle s'en allait ? L'agence avait besoin de lui, mais c'était réciproque. Il n'était pas du genre à supporter l'incompétence. Sans connaître les détails des campagnes passées et actuelles élaborées pour ses différentes sociétés, elle ne doutait pas que Clare lui donnait entière satisfaction. Par ailleurs, elle soupçonnait qu'il bluffait et qu'en réalité il était trop intègre pour mettre sa menace à exécution. Il ne quitterait pas l'agence si elle refusait de rester pour s'occuper du bébé. Elle en était persuadée. Enfin presque… Or, pour London Connection, la clientèle d'Ares Lykaios n'était pas seulement essentielle d'un point de vue financier. Elle donnait à l'agence un prestige inestimable, qui attirait d'autres clients. Prendre le risque de la perdre serait de la folie.

Toute la nuit elle tergiversa, se tournant et se retournant dans le lit. Au petit matin, un peu avant que le soleil se lève sur le golfe Argolique, elle renonça à trouver le sommeil et se leva. Sa robe de bal n'était pas la tenue idéale, mais faute d'autre chose… Elle prit une douche, et au moment de s'essuyer elle découvrit des vêtements pliés sur le placard à côté des serviettes. Le pantalon était trop grand et elle dut faire un nœud à la taille pour l'empêcher de tomber. En revanche, la chemise jaune pâle à manches longues lui allait parfaitement. Après s'être coiffée avec les doigts et avoir appliqué une crème hydratante sur son visage, elle quitta sa chambre dans l'intention de trouver du café. Un bruit l'arrêta au milieu du couloir. Des pleurs de bébé.

Se guidant au son, elle arriva devant la porte de la chambre de Danica. Elle l'ouvrit sans hésitation et son cœur fit un bond dans sa poitrine. Uniquement vêtu d'une serviette nouée sur les hanches, les cheveux mouillés, Ares tenait le bébé dans ses bras. Il tourna vers elle un regard anxieux, tandis que Danica continuait de hurler.

— Beatrice… reste, s'il te plaît. Nous avons besoin de ton aide.

8.

Quand arriva l'heure du déjeuner elle avait lu tellement de conseils contradictoires sur Internet que la tête lui tournait. Depuis ceux qui recommandaient de laisser les bébés pleurer sans intervenir jusqu'à ceux qui mettaient en garde contre les dangers de les laisser pleurer plus d'une minute, en passant par les partisans de multiples méthodes intermédiaires, les spécialistes de l'éducation avaient des avis très divergents.

— Et tu as définitivement éliminé les causes médicales ? demanda-t-elle en contemplant la pile de pages qu'elle avait imprimées.

— Cassandra l'a fait examiner par plusieurs pédiatres, répondit Ares, la mine sombre. Aucun d'eux n'a détecté le moindre problème.

— Eh bien, c'est une bonne nouvelle, commenta-t-elle en évitant de le regarder.

Elle était toujours en colère contre lui, il ne fallait pas l'oublier. Même si cette image de lui avec sa serviette nouée sur les hanches et le bébé dans les bras ne quittait pas son esprit…

— Avec Nikki c'était un problème de régularité dans les horaires, murmura-t-elle pensivement. Si nous manquions l'heure de sa sieste ne serait-ce que de dix minutes, elle était infernale pendant des jours. Je me demande si c'est la même chose pour Danica. Est-ce que sa nurse respectait des horaires stricts ?

— Je ne sais pas. Personnellement je n'ai pas un emploi

du temps régulier. Si j'avais engagé une nurse hautement qualifiée c'est parce que je suis souvent absent. Xanthia est mieux placée que moi pour te donner ce genre d'informations.

Bea eut un pincement au cœur. Elle n'aurait pas dû être étonnée. Les parents adoptifs qui déléguaient l'éducation à une personne extérieure et se donnaient bonne conscience en choisissant la plus « qualifiée », elle connaissait… Ares n'était pas le père adoptif de Danica, mais c'était son oncle, et pour le moment son plus proche parent.

— Je vais aller voir Xanthia.

Elle se leva, la gorge nouée. Pourquoi était-elle au bord des larmes ? Ça ne lui ressemblait pourtant pas.

— Attends.

Le ton impérieux d'Ares la hérissa. Comme il était tentant de l'ignorer ! Mais ce n'était pas le moment de céder à des mouvements d'humeur. Elle se retourna.

— À quelle heure comptes-tu la mettre au lit, ce soir ?

— 18 h 30, pourquoi ?

— Une fois qu'elle sera endormie, nous irons à Athènes.

— Pour quoi faire ?

— Tu es ici pour un mois. Tu vas avoir besoin d'autre chose qu'une robe de bal et les vêtements du mari de Xanthia.

Elle baissa les yeux sur le pantalon trop grand.

— Vraiment ? Je me demandais si…

— Retrouve-moi sur le toit à 19 heures.

— Je ne peux pas.

Devant la moue contrariée d'Ares, elle précisa :

— Je ne sais pas si elle va s'endormir tout de suite. Et si ce n'est pas le cas je ne vais pas la laisser pleurer jusqu'à épuisement une nouvelle fois. Ça ne serait pas juste pour Xanthia non plus.

Ils s'affrontèrent du regard pendant un moment et Ares finit par capituler. Mais il pouvait bien lui accorder cette bataille puisqu'il avait déjà gagné la guerre…

— Je t'attendrai. Monte quand tu seras prête.

Elle aurait dû être soulagée que Danica se soit endormie aussi facilement. Ça voulait sans doute dire que le petit rituel qu'elle avait mis en place était efficace, non ? Elle s'était fiée à son intuition. Un dîner pas trop tardif, un bain chaud légèrement parfumé, une histoire dans la chambre plongée dans la pénombre, suivie par un biberon donné en fredonnant, un câlin et un rot, puis au lit.

Xanthia attendait derrière la porte, la mine soucieuse.

— Elle dort, annonça Bea.

Et elle sourit devant l'air abasourdi de la gouvernante.

— Déjà ? Mais… comment ? C'est impossible !

— Elle était fatiguée, je pense. J'ai branché le moniteur. Vous la surveillerez ?

— Bien sûr, bien sûr.

Xanthia était rayonnante.

— La paix, enfin ! J'étais si triste pour la pauvre petite ! Tant de chagrin et personne pour… Je suis contente qu'elle vous ait.

Bea sourit. Curieusement, elle aussi était contente… Une seule journée s'était écoulée depuis son départ, mais il s'était passé tellement de choses que sa vie londonienne lui paraissait déjà loin.

— Ares m'a demandé de vous rappeler qu'il attend, ajouta Xanthia, comme si elle se rappelait tout à coup la raison pour laquelle elle l'avait guettée devant la porte de Danica.

— Comme si je pouvais l'oublier, marmonna Bea. S'il vous plaît, appelez-moi s'il y a le moindre problème avec le bébé. Je voudrais éviter qu'elle soit de nouveau dans tous ses états comme hier.

Xanthia hocha la tête.

— Demain matin, Ellen vient. Une fille du village, que je connais. Elle a deux frères et trois sœurs plus jeunes qu'elle, dont elle s'est occupée. Vous allez l'apprécier.

Lorsque Bea arriva sur le toit dix minutes plus tard, son cœur fit un bond dans sa poitrine. Vêtu d'un costume bleu marine visiblement sur mesure et d'une chemise blanche au col ouvert, Ares était incroyablement séduisant. Les jambes tremblantes, elle le rejoignit à côté de l'hélicoptère.

— Elle dort ?

Elle hocha la tête. Si seulement elle pouvait continuer à lui en vouloir… à se dire qu'il se débarrassait du bébé en le confiant à une étrangère ou presque… à se rappeler qu'il l'avait soumise à un odieux chantage pour la contraindre à rester… Mais comment oublier cette image de lui en train de réconforter Danica à l'aube ? Il aimait sa nièce et il faisait ce qu'il pouvait pour prendre soin d'elle. Il était juste un peu déstabilisé par la situation. Comment lui en vouloir, alors qu'il avait été catapulté dans le rôle de père du jour au lendemain ?

— Elle semblait fatiguée. J'espère qu'elle va bien dormir.

— Merci.

La voix d'Ares ne laissait aucun doute sur l'étendue de sa gratitude.

— Je t'en prie.

L'air autour d'eux se chargea d'électricité. Mais peut-être était-ce juste une impression… Peut-être se faisait-elle des idées parce qu'elle mourait d'envie qu'il la prenne dans ses bras et qu'il l'embrasse comme si c'était la chose la plus normale et la plus naturelle du monde. Et peut-être était-ce le cas… pour les autres. Pas pour elle. Elle n'avait jamais eu envie d'une relation avec un homme. Même le genre de relation qu'il lui avait proposé semblait plein de dangers.

Détournant les yeux, elle prit conscience de la présence d'un homme en pantalon noir et chemise claire. Ce dernier ouvrit la porte de l'hélicoptère et l'invita à monter à bord en souriant. Elle s'installa dans le même siège que la veille, présumant qu'Ares en ferait autant. Mais avant de s'asseoir il se pencha sur elle pour attacher sa ceinture. Ses doigts s'attardèrent sur sa hanche et elle étouffa un gémissement, tandis qu'il plongeait son regard dans le sien. Une vague de désir d'une violence inédite la submergea. Le regard d'Ares quitta ses yeux pour se poser sur ses lèvres. Le souvenir de son baiser impérieux de la veille au soir s'imposa à elle et son désir s'accrut encore. Il avait voulu lui prouver qu'elle niait la vérité et il avait réussi. Elle avait envie de coucher avec lui. Elle en brûlait d'envie malgré ce qu'elle lui avait affirmé sous le coup de la colère.

Le désir qui la consumait était si intense qu'elle en avait le vertige. Comme sur la gondole, quand elle était prête à oublier toute prudence pour goûter au sexe pour la première fois de sa vie.

— Ares…

Il comprit le sens de sa supplication. Elle vit sur son visage qu'il savait ce qu'elle ressentait et ce qu'elle voulait. Quand il se contenta de se redresser et de s'installer en face d'elle, le visage impassible, elle le regarda avec incrédulité. Puis elle tourna la tête vers la vitre, les joues en feu. Elle se sentait complètement dépassée et elle avait toujours détesté ça. Avant qu'elle ait le temps d'envisager de renoncer à la séance shopping à Athènes, les rotors se mirent en mouvement et le bruit du moteur rendit impossible toute conversation. Tandis que l'appareil prenait de l'altitude elle se concentra sur la vue. La veille à leur arrivée il faisait nuit noire, et elle avait passé toute la journée à se documenter sur la façon de s'occuper des bébés. Si bien qu'elle découvrait la beauté de la côte.

— Champagne ?

Après une hésitation elle hocha la tête. Ares déboucha une petite bouteille, qu'il lui tendit avec un gobelet.

— Depuis combien de temps vis-tu ici ? demanda-t-elle pour dire quelque chose.

— J'ai acheté la maison il y a dix ans, répondit-il avec une moue étrange.

Pourquoi avait-elle le sentiment qu'il cachait quelque chose ?

— Pour une raison particulière ?

— Elle me plaisait.

— Tu donnes l'impression que ce n'est pas la seule raison.

Visiblement surpris, il resta un instant silencieux, puis il déclara :

— Quand j'étais enfant, je vivais là.

Il indiqua une petite ville au bord de la mer, de l'autre côté de la baie. Contrairement à la partie du littoral où se trouvait sa propriété, ce village aux maisons serrées les unes contre les autres semblait surpeuplé.

— Mon grand-père était pêcheur et je sortais parfois en mer avec lui. À l'époque il y avait très peu de maisons ici. Juste deux ou trois villas énormes qui à mes yeux ressemblaient à des palais. Quand j'ai atteint mon premier milliard de dollars, j'ai acheté une de ces maisons.

Bea ouvrit de grands yeux.

— Ton premier milliard ? Combien en as-tu exactement ?

Elle regretta aussitôt cette question.

— Non, excuse-moi. Je n'aurais pas dû te demander ça.

— C'est de notoriété publique. Je n'ai aucun problème avec ça. Les estimations actuelles situent ma fortune autour des cent milliards de dollars. C'est un montant qui subit des fluctuations en fonction de l'évolution de l'économie mondiale et des cours de la Bourse.

— Je n'arrive même pas à imaginer ce que ça représente.

— En fait, en ce qui concerne l'argent, l'essentiel est d'avoir de quoi se nourrir, nourrir sa famille et s'acheter un toit. Au-delà de ça, le surplus ne change pas grand-chose. Il n'y a pas une grande différence entre dix mille dollars et dix milliards, de mon point de vue.

Étant donné qu'il avait vécu dans la rue, il était sans doute bien placé pour en juger, se dit-elle.

— Tu as dû éprouver une grande satisfaction quand tu as franchi le seuil de ta villa pour la première fois.

— J'ai été encore plus satisfait quand j'ai acheté notre premier toit.

— Notre ?

— À mon frère, Matthaios, et à moi. Il allait encore à l'école. À l'époque je considérais ce que j'avais amassé comme une véritable fortune. Pour moi aujourd'hui ça équivaut à de la menue monnaie, mais à l'époque c'était une somme fabuleuse. Pouvoir acheter un appartement au comptant, et savoir que, quoi qu'il arrive, Matthaios aurait toujours un toit au-dessus de la tête, c'est la plus grande satisfaction que j'aie jamais eue. La villa, bien sûr, j'étais content de me l'offrir, mais ce que j'ai ressenti à l'époque est incomparable.

— Il est plus jeune que toi ?

L'attitude d'Ares changea imperceptiblement. Comme s'il prenait soudain ses distances.

— Oui, de deux ans.

— Vous êtes proches ?

Bref hochement de tête.

— Tu as dit qu'il était malade ?

Les yeux gris se voilèrent d'une vive émotion.

— Oui.

— Je suis désolée. C'est grave ?

— C'est… une affection chronique.

Elle lui adressa une moue compatissante. Il soupira.

— Ma mère était toxicomane et il a hérité de ses… tendances à l'addiction. J'aurais dû le comprendre plus tôt.

À en juger par la colère qui perçait dans sa voix, Ares s'en voulait beaucoup.

— Quand nous étions adolescents nous n'avions pas d'argent. Il ne pouvait pas boire ni se droguer. C'était tout simplement inaccessible. Mais une fois que notre situation financière a commencé à s'améliorer il a trouvé facilement tout ce qu'il voulait.

Elle sentit son cœur se serrer.

— Je travaillais beaucoup. Je n'ai pas vu ce qui se passait sous mes yeux malgré toutes les années pendant lesquelles j'avais été témoin de la toxicomanie de ma mère. J'aurais dû comprendre qu'il se perdait dans la drogue, l'alcool… tout ce qui lui tombait sous la main.

— Tu travaillais pour subvenir à ses besoins, rappela-t-elle d'une voix douce.

— Ce n'est pas une excuse. J'aurais dû me rendre compte de ce qui se passait. Quand j'ai fini par comprendre, il était beaucoup trop dépendant. Il a fallu des années pour le convaincre d'entrer en cure de désintoxication et j'ai été obligé de le laisser toucher le fond avant qu'il accepte. Tu ne peux pas imaginer ce que c'était, Beatrice. Le regarder se détruire en étant conscient de mon impuissance. Tout ce que je pouvais faire c'était assurer sa sécurité. J'ai engagé une équipe pour monter la garde devant sa maison.

Il secoua la tête avec une moue amère.

— Ils m'ont appelé un matin parce qu'il ne se réveillait pas. Il avait frôlé l'overdose.

— C'est horrible…

— Il a passé deux nuits à l'hôpital et ensuite il a décidé d'entrer en cure. Il m'a supplié de l'aider. Je n'ai jamais été aussi heureux. Il est devenu abstinent et il a changé de vie. Il a créé une société d'investissement qui a très vite prospéré, puis il a rencontré Ingrid et il est tombé amoureux. Leur mariage a été un des plus beaux jours de ma vie. Sa réussite, l'espoir sur son visage, l'amour dans son regard… J'éprouvais un immense soulagement, comme si tout allait enfin s'arranger.

— Et puis Ingrid est morte.

— Oui. Ingrid est morte et mon frère est resté avec une peine insondable et un petit bébé. J'aurais dû…

Bea se pencha en avant et posa la main sur le genou d'Ares.

— Tu n'as rien à te reprocher.

— Vraiment ? Je savais ce qu'il avait traversé. J'avais vu ma mère se battre contre ses démons pendant des années. Je savais qu'il avait besoin d'étouffer la souffrance. J'aurais dû l'aider davantage.

— Qu'aurais-tu pu faire de plus ? Il est adulte. Ton rôle

n'est pas de vivre la vie de Matthaios pour lui, Ares. Il me semble que toute ta vie tu as fait tout ton possible pour ton frère et que tu continues aujourd'hui.

— Tu ne comprends pas. J'aurais dû me douter de ce qui se préparait. J'aurais dû prévoir qu'il allait retomber dans la drogue. J'aurais dû…

— Le kidnapper et l'enfermer dans ta villa jusqu'à la fin de ses jours ? ne put-elle s'empêcher de plaisanter.

Il lui lança un regard surpris.

— Tu ne pouvais pas l'enchaîner jusqu'à ce que sa peine s'atténue. Et tu ne pouvais pas le surveiller vingt-quatre heures sur vingt-quatre. L'as-tu soutenu ? L'as-tu appelé régulièrement pour prendre de ses nouvelles ? Lui demander comment il allait, comment le bébé allait ?

— J'ai passé un mois avec lui après la mort d'Ingrid. Ensuite, je dînais avec lui plusieurs fois par semaine. J'ai engagé des gardes, comme autrefois, pour qu'ils soient en sécurité, le bébé et lui. J'ai engagé des nurses. Il les a renvoyées. Malgré tout je pensais qu'il s'en sortait bien étant donné les circonstances. Il semblait avoir un immense chagrin mais garder un certain équilibre. Je guettais des signes d'addiction. Je fouillais sa maison à des moments où il était occupé avec Danica. Je l'appelais à des heures inhabituelles pour voir si sa voix trahissait l'usage de drogue ou l'abus d'alcool. Je n'ai rien détecté. Rien. Tous les signes m'ont échappé.

— Peut-être qu'il était sobre et qu'un jour il s'est passé quelque chose qui l'a déstabilisé. Ou peut-être qu'il était très habile pour se cacher de toi… Mais regarde tout ce que tu as fait pour lui. Il est en traitement et tu as recueilli Danica. Quand il sortira, son bébé sera là à l'attendre. Si tu ne t'étais pas chargé d'elle, elle aurait été placée dans une famille, et il n'est pas du tout certain que Matthaios aurait pu la reprendre. Tu lui as offert une seconde chance d'être père. C'est fantastique.

Il baissa les yeux sur sa main, qu'elle avait laissée sur sa cuisse. Il la regarda pendant un long moment, puis il posa la sienne dessus.

— Tu as été adoptée.

Elle tressaillit, submergée par une honte familière dont elle s'efforçait en vain de se débarrasser. La honte d'avoir été rejetée d'abord par ses parents biologiques puis par ses parents adoptifs. Elle voulut dégager sa main, mais il la retint fermement sur sa cuisse.

— Et alors ? demanda-t-elle en lui lançant un regard de défi.

— Je me demandais si tu parles en te fondant sur ton expérience.

— Non.

Cette fois il ne retint pas sa main quand elle la retira de sa cuisse. Elle s'efforça d'ignorer le froid qui l'envahissait. Pourvu qu'il ne perçoive pas ce qu'elle cachait à tout le monde… Ce sentiment qu'elle était indigne d'être aimée…

9.

Elle n'avait rien à voir avec les femmes de sa connaissance. Elle avait fui les boutiques de luxe auxquelles les avait conduits son chauffeur, dédaignant les vêtements que lui avaient présentés les vendeuses et ressortant systématiquement les mains vides. Il commençait à se demander si elle avait décidé de le contrarier pour se venger du chantage auquel il l'avait soumise quand elle s'était arrêtée devant un grand magasin et avait posé la main sur son bras en disant :

— Parfait. Attends-moi ici.

Ignorant cette demande il l'avait suivie dans le rayon de la mode féminine, qu'elle avait traversé en prenant des vêtements au passage. Un jean, une jupe en denim, quelques shorts et plusieurs T-shirts qu'elle venait lui mettre dans les bras.

— Tiens ça et attends-moi, dit-elle en plongeant son regard dans le sien. Ne me suis pas au rayon lingerie, Ares. Sérieusement.

Oh ! comme il était tenté de le faire au contraire ! Mais mieux valait respecter sa volonté. Certes, elle était belle, intelligente et raffinée, mais elle était également vierge. Il ne pouvait pas se comporter avec elle comme avec n'importe quelle autre femme… Au milieu du grand magasin, les bras chargés de vêtements, Ares fut submergé par une vague de désir qui lui coupa le souffle. Allons bon ! Qu'est-ce qui n'allait pas chez lui ? Sa virginité aurait dû le rebuter. Il n'aurait pas dû avoir envie d'être son premier amant…

Il resta à proximité du rayon lingerie, et pour s'occuper il prit quelques maillots de bain. Puis il retourna voir les vêtements et ajouta une robe à fleurs à ceux qu'elle avait choisis. Lorsqu'elle le rejoignit, elle portait un sac en plastique avec le logo du magasin. Fuyant son regard, elle déclara :

— Allons payer les vêtements.

Il eut un pincement au cœur. Elle avait déjà payé les dessous pour éviter qu'il les voie ? Oui, décidément, elle était très différente des femmes qu'il fréquentait d'ordinaire. Qui n'hésiteraient pas à se promener à moitié nues dans le magasin. Il ne devrait pas la taquiner, mais c'était trop tentant.

— Tu as trouvé ce que tu cherchais ?

Elle hocha la tête et tendit la main vers les vêtements, mais il secoua la tête.

— Je m'en occupe.

— Alors je vais t'attendre dehors, dit-elle avant de se diriger vers la sortie.

Il la suivit des yeux, puis il gagna le rayon lingerie. Nul doute qu'elle avait choisi des culottes et des soutiens-gorge en coton très sages. Pourquoi pas, mais il avait envie d'ajouter autre chose à sa garde-robe. Quelque chose qu'elle pourrait porter en imaginant qu'il le lui enlevait… Les chemises de nuit sexy étaient rares dans ce magasin plutôt familial, mais il parvint à trouver un déshabillé de soie noire à incrustations de dentelle. Il se dirigea vers les caisses en sifflotant, l'esprit plein d'images de Bea en lingerie sexy dans son lit.

— Nous devrions rentrer, dit Bea autant pour elle-même que pour Ares.

En réalité, elle n'avait pas envie de rentrer tout de suite. À Athènes, en compagnie d'Ares, elle parvenait presque à oublier le chantage auquel il l'avait soumise pour l'obliger à rester. Plus elle passait de temps avec lui, plus elle le comprenait. Il était motivé par son amour pour son frère et son désir de protéger sa famille.

— Nous allons dîner, rétorqua-t-il en lui prenant ses sacs des mains pour les donner au chauffeur. Il y a un très bon restaurant français près d'ici. Si nous allions voir s'ils proposent du canard à l'orange ?

Il se souvenait de ça ? Elle fut envahie par une vive émotion. En dehors d'Amy, de Clare et de Priti à l'université, jamais personne n'avait tenu à elle au point de prêter une oreille attentive à ses propos les plus anodins. Mais Ares ne tenait pas à elle. Il avait juste le sens du détail, ce qui expliquait sans doute en partie sa réussite remarquable.

— Danica…

— S'il y avait un problème, Xanthia aurait téléphoné. Je suis sûr qu'elle dort à poings fermés. Un dîner rapide et nous rentrons, insista-t-il en posant la main au creux de ses reins.

— Bon, d'accord.

Elle eut beau se dire que ce n'était pas une véritable invitation mais un dîner banal, elle fut parcourue par un frisson d'excitation et un sourire étira ses lèvres. La main dans son dos glissa sur sa hanche comme si c'était la chose la plus naturelle au monde. Ares l'attira vers lui et elle savoura le contact de son corps musclé. Son pas s'accorda au sien sans effort tandis qu'il l'entraînait dans des petites rues du centre d'Athènes.

— C'est dans ce quartier que tu vivais quand tu étais adolescent ?

Elle sentit qu'il se raidissait.

— Oui. Après la mort de mon grand-père nous n'avions nulle part où aller.

— Ta mère ?

— Elle nous avait laissés avec lui plusieurs années auparavant. Elle avait disparu et nous ne savions pas comment la joindre.

— Je suis désolée.

Il ralentit et elle leva les yeux vers lui. Leurs regards se rencontrèrent, chargés d'une émotion intense qui la bouleversa.

— Nous sommes venus ici en pensant trouver plus facilement du travail. Nous nous trompions. Les auberges de jeunesse étaient souvent complètes, si bien que nous passions souvent la nuit dans la rue.

— Tu devais être terrifié.

— Entre autres…

Elle leva vers lui un regard interrogateur.

— Le plus dur c'était la faim. Je n'avais jamais rien connu de tel. Mon grand-père n'avait pas beaucoup d'argent, mais le poisson était abondant et il cultivait des légumes en pots. Nous mangions plutôt bien. Quand nous sommes arrivés à Athènes ça a été très dur. Je n'oublierai jamais les nuits à chercher le sommeil malgré les crampes d'estomac, en sachant que c'était encore plus dur pour mon frère. Avoir assez d'argent pour acheter de la nourriture est devenu mon principal souci. Je regardais passer les gens bien habillés, qui avaient l'air heureux, insouciants. J'ai promis à Matthaios et je me suis promis à moi-même qu'un jour nous serions comme eux. Mais l'insouciance ne s'achète pas, ajouta-t-il avec une moue désabusée.

— En effet, il n'y a pas de lien entre la richesse et le bonheur.

— Tu en as fait l'expérience ? demanda-t-il en prenant une ruelle encore plus étroite que les précédentes et en resserrant le bras autour d'elle.

— Mes parents adoptifs ont de l'argent, mais je ne pense pas pouvoir les décrire comme heureux. Ma mère est… difficile à satisfaire. D'après ce que j'ai pu constater, ça ne favorise pas le bonheur.

Il hocha la tête et s'immobilisa devant une porte en bois peinte en bleu et munie d'un panneau vitré. Elle fut ouverte au bout de quelques secondes par un serveur, qui le salua chaleureusement en grec.

— Tu viens souvent ici ? demanda-t-elle, soudain embarrassée.

Pourquoi n'avait-elle pas pris le temps d'échanger les vêtements du mari de Xanthia contre une de ses nouvelles tenues ?

— De temps en temps, répondit-il en indiquant une table située à côté d'une fenêtre.

Il lui avança une chaise, et lorsqu'elle s'assit les doigts d'Ares effleurèrent ses épaules. Une chaleur délicieuse se répandit dans tout son corps.

— Était-elle sévère avec toi quand tu étais enfant ?

D'abord interloquée, elle comprit qu'il faisait allusion à sa mère. Oh ! non… Elle n'avait jamais envie de parler de son enfance, et surtout pas ce soir au restaurant. Esquissant un pâle sourire, elle saisit un menu au lieu de répondre.

— Que choisis-tu d'habitude, ici ?

Il lui prit le menu des mains et le reposa sur la table.

— Ce que me conseille le chef. Réponds à ma question.

Elle cilla. Mais pourquoi était-elle surprise par son insistance ? Après tout c'était l'homme qui avait exigé qu'elle reste chez lui alors qu'elle venait de refuser. À son grand soulagement un autre serveur arriva et leur demanda ce qu'ils voulaient boire. Elle gardait des souvenirs assez précis de l'été passé dans les îles des années auparavant pour répondre en grec, et elle commanda une boisson non alcoolisée. Ares opta pour un verre de vin rouge.

— Tu parles grec ?

— Juste un peu. J'ai voyagé dans les îles pendant quelques mois quand j'étais étudiante. J'ai appris quelques mots.

— Je ne savais pas que tu étais déjà venue en Grèce. Où es-tu allée ?

Elle énuméra les îles en souriant au souvenir de ces vacances.

— Je pouvais être complètement moi-même, ici. C'était fantastique. Les gens étaient très accueillants. Personne ne savait rien de mes parents ni de moi. Et surtout il n'y avait pas de paparazzis anglais. Personne ne me traquait à la recherche d'une photo peu flatteuse qui alimenterait la malveillance des tabloïds.

Allons bon, elle n'avait pas l'intention d'en révéler autant… mais tant pis.

— Pourquoi des paparazzis te traqueraient-ils ?

— Ma mère était top model et mon père une star du rock, répondit-elle avec un geste dédaigneux. Il n'a pas fait de tournée depuis mon enfance, mais en Grande-Bretagne il reste très populaire. Et ma mère aime bien rester « tendance », comme elle dit. Elle s'arrange pour que les magazines de luxe publient des interviews d'eux chaque année. Certains journalistes viennent à la maison pour des reportages du genre « La vie de tous les jours dans la famille Jones ».

Elle roula les yeux. Était-ce le champagne qu'elle avait bu dans l'hélicoptère qui lui déliait la langue à ce point ? Possible. Mais elle soupçonnait que c'était plutôt l'homme assis en face d'elle qui lui faisait cet effet.

— Laisse-moi juste te dire…

Elle s'interrompit alors que le serveur revenait avec leurs verres.

— Tu as des allergies ? demanda Ares avant d'informer ce dernier qu'ils prendraient ce que le chef recommandait.

Elle secoua la tête. Lorsqu'ils furent de nouveau seuls il posa une main sur la sienne.

— Continue.

Ce simple geste et cette invitation réchauffèrent un bout de son cœur qui était gelé depuis très longtemps.

— Oh ! je voulais juste dire que ce qui est dépeint dans les pages de ces magazines n'a en général pas grand-chose à voir avec la réalité.

Elle baissa les yeux avec une pointe de remords.

— Ou peut-être est-ce moi qui suis mesquine. Je n'aurais pas dû dire ça.

— Est-ce que c'est vrai ?

Après une hésitation elle hocha la tête.

— Alors tu peux te permettre de le dire.

Il dut sentir sa réticence à partager d'autres confidences sur sa famille, parce qu'il orienta la conversation sur des sujets moins personnels comme ses études, son premier poste comme associée principale, ses ambitions professionnelles et son amitié avec Amy et Clare. Lorsque le serveur débarrassa les assiettes à dessert, elle prit conscience qu'elle n'avait pas vu passer le temps.

— Oh ! mon Dieu ! s'exclama-t-elle en consultant sa montre. Ce n'était pas du tout un « dîner rapide » ! Ça fait des heures que nous sommes à table !

— En effet.

Il se cala dans son siège, visiblement satisfait.

— Et quand tu t'es absentée tout à l'heure j'ai appelé Xanthia. Danica dort toujours profondément. Tu vois ? Tu es une magicienne.

— Oh ! comme je suis contente ! C'était tellement dur de la voir aussi agitée la nuit dernière…

— Elle a été comme ça pratiquement toutes les nuits depuis qu'elle est arrivée chez moi.

Elle resta un instant songeuse.

— Les bébés ont beaucoup d'intuition. Ils comprennent beaucoup plus de choses que nous ne le pensons.

Ares resta silencieux, attendant visiblement qu'elle précise sa pensée.

— La courte vie de Danica a déjà été bouleversée par plusieurs événements tragiques. La perte de sa mère, le chagrin de son père et maintenant son absence… Il n'est pas surprenant qu'elle soit perturbée.

— Alors pourquoi as-tu réussi à la calmer hier soir ?

Elle avait une théorie à ce sujet, mais elle préférait la garder pour elle. Les traumatismes qu'elle avait elle-même subis pendant son enfance avaient peut-être contribué à créer un lien particulier entre elle et Danica. Avec elle le bébé sentait peut-être qu'il était en compagnie de quelqu'un qui comprenait sa souffrance. Mais Ares n'avait pas besoin de savoir tout ce qui lui passait par la tête.

— Je ne sais pas, répondit-elle avec un haussement d'épaules désinvolte. Mais je suis heureuse que ça ait marché.

Il laissa échapper un petit rire inattendu qui lui fit chaud au cœur.

— Moi aussi.

Il traça le contour de son verre du bout du doigt en plongeant son regard dans le sien.

— Je n'arrive pas à croire que tu n'es jamais sortie avec un homme. On a pourtant dû t'inviter plus d'une fois.

Elle se raidit.

— Je ne vois pas en quoi c'est important.

— Vraiment ? rétorqua-t-il avec un sourire gentiment moqueur.

— J'ai vingt-neuf ans. Bien sûr qu'on m'a déjà invitée.

— Donc, tu n'as jamais dit oui ?

Elle se mordit la lèvre et hocha brièvement la tête.

— Ça n'a pas de sens.

— Apparemment, il faut élaborer un scénario de kidnapping pour m'inciter à accepter une invitation, dit-elle en ne plaisantant qu'à moitié.

Il se pencha vers elle et ses jambes effleurèrent les siennes sous la table.

— Tu ne t'es jamais demandé comment c'était ?

— Sortir avec un homme ?

— Non, *agápi mou*. Faire l'amour, lentement, nonchalamment… sentir l'excitation monter… monter…

Elle s'humecta les lèvres, le souffle court.

— Ou bien faire l'amour frénétiquement parce que la passion est impossible à contrôler…

Elle respirait de plus en plus difficilement.

— Tu ne t'es jamais caressée en imaginant que tes mains étaient celles d'un homme qui te plaisait ?

— Ares… S'il te plaît…

— J'ai envie de te montrer ce que tu es capable de ressentir, *poulaki mou*… Si seulement ça n'était pas aussi compliqué.

Oh ! elle en avait envie aussi ! Tellement envie qu'elle était terrifiée à l'idée de le reconnaître…

— Pourquoi est-ce compliqué ? J'imaginais plutôt que c'était l'acte naturel le plus simple.

— Et pourtant tu es vierge, commenta-t-il avec un sourire cynique.

Elle baissa les yeux.

— Je ne couche pas avec des vierges.

Elle faillit laisser échapper un cri de protestation.

— C'est une règle que tu t'es fixée ?

— On peut dire ça.

Elle fut submergée par la frustration. Oh ! elle avait envie de le secouer, de lui crier qu'il était stupide ! Oui, mais après ?

— Alors… qu'est-ce que… ?

Elle rassembla tout son courage.

— Pourquoi flirtes-tu avec moi ?

Une lueur moqueuse dansait dans les yeux gris fixés sur elle. Mais était-ce de lui-même qu'il se moquait ou bien d'elle ? Elle retint son souffle dans l'attente de sa réponse.

— Parce que j'ai envie de toi. Bien que je sache que ce n'est pas approprié et que je ne peux pas t'offrir ce que tu mérites. Je te regarde et j'ai le sentiment de livrer une bataille perdue d'avance.

C'était une lueur de défi qui brillait à présent dans le regard d'Ares.

— Tu n'as jamais fait l'amour, et en dépit de ce que je viens de dire je n'ai qu'une obsession. Devenir ton premier amant. Je veux être celui qui t'éveille aux plaisirs du sexe. Je suis conscient que c'est très égoïste de ma part, mais c'est comme ça.

Elle le regarda avec incrédulité, le cœur battant à tout rompre, l'esprit vide.

— Ares…

Comment répondre ? Il lui offrait exactement ce qu'elle voulait. Elle prit une profonde inspiration et tenta de rassembler ses idées.

— Je n'attends rien d'autre que du sexe.

Les joues en feu, elle regarda autour d'elle. Que lui avait-il pris de parler aussi fort ? Heureusement, personne ne semblait l'avoir entendue…

— C'est peut-être ce qui m'a retenue d'accepter les invitations. L'idée de m'engager dans une relation est une aberration pour moi. Tu n'as pas à craindre que j'attende quoi que ce soit de toi. Rien que le sexe… ça me convient. Ça me convient même parfaitement.

Que racontait-elle ? Avait-elle perdu la tête ? Non. Au contraire. Elle se sentait pleinement en accord avec elle-même. Quoi de plus sain que de se parler franchement entre adultes ? Que d'énoncer de nouvelles règles qui leur conviennent à tous les deux ?

— Ça ne changerait rien entre nous.

La voix d'Ares était tendue. Comme s'il devait faire un effort pour garder le contrôle de lui-même.

— Ça me convient, répéta-t-elle.

Leurs regards se rencontrèrent et ce fut comme s'ils concluaient un accord. Sans un mot, Ares se leva et tendit la main. Bea la regarda puis glissa la sienne dedans. Le feu se répandit dans ses veines.

10.

Il avait fait le trajet entre Athènes et Porto Heli en hélicoptère des milliers de fois, mais jamais dans une atmosphère aussi électrique. Bea était assise en face de lui, silencieuse. Elle pianotait nerveusement sur ses genoux et il ne pensait qu'à une chose. Ou plutôt à une foule de choses. Toutes celles qu'il allait lui faire pour la détendre, pour lui prouver que son corps savait ce qu'elle voulait et qu'elle pouvait lui faire confiance. Dès qu'ils seraient chez lui il pourrait passer à l'action. Il pourrait la combler de plaisir.

Ares consulta sa montre. Presque arrivés. Oui, sa villa était enfin en vue, îlot de lumière dans la nuit noire. Soulagé, il jeta un nouveau coup d'œil à Bea. Ses yeux noisette étaient fixés sur lui. Attentifs, gourmands. Une flèche de désir le transperça. À présent qu'il savait que tout risque de complications sentimentales était écarté, il avait toutes les peines du monde à maîtriser son impatience. Bon sang, comme il avait hâte de sentir son corps souple et chaud contre le sien ! L'idée qu'il serait le premier le rendait fou… Dès que l'hélicoptère toucha le toit de la villa, il détacha sa ceinture, se leva et libéra Bea de la sienne. Sa main tremblait quand il la prit dans la sienne, mais quand il plongea son regard dans le sien il n'y lut pas le moindre doute. Elle était visiblement en proie à la même impatience que lui.

L'air de la nuit était frais. Il glissa un bras autour de sa taille et l'entraîna à travers la terrasse en la tenant étroitement serrée contre lui. En haut de l'escalier il libéra sa taille pour la prendre par la main et ne la lâcha plus jusqu'à ce qu'ils soient arrivés dans sa chambre. Ce fut seulement après avoir refermé la porte derrière eux qu'il prit conscience qu'il avait eu très peur qu'elle ne change d'avis. Mais non, elle était bien là avec lui. Seule une lampe située près de la fenêtre était allumée. Ils se tournèrent l'un vers l'autre dans la lumière douce qui baignait la pièce. Incapable de contenir plus longtemps la passion qui le torturait, il referma les bras sur elle et s'empara de sa bouche dans un baiser vorace. Elle y répondit avec fièvre, se pressant contre lui en laissant échapper des gémissements étranglés. Il la fit reculer contre la porte et approfondit son baiser tandis qu'elle tirait sa chemise hors de son pantalon puis l'ouvrait pour couvrir son torse de caresses fébriles. Visiblement dévorée par un désir aussi brûlant que le sien, elle se laissait guider par son instinct et celui-ci semblait puissant. Si elle ne lui avait pas dit qu'elle n'avait aucune expérience, il ne l'aurait jamais deviné. Avec un grognement étouffé elle tira sur sa chemise et finit par la lui arracher, comme si elle ne pouvait pas vivre une seconde de plus sans le voir nu. Il la comprenait…

Il l'imita, la débarrassant de sa tenue masculine puis de ses dessous avant de serrer contre lui son corps aussi souple et chaud que dans ses fantasmes. Tout en l'embrassant de nouveau, il défit son petit chignon haut et laissa ses cheveux ruisseler sur ses épaules et dans son dos avant de reculer pour l'admirer. C'était une image qu'il voulait enregistrer dans sa mémoire. Ses joues roses, ses seins hauts et ronds avec leurs mamelons pêche durcis par le désir, son ventre plat et ses cuisses fines…

Jurant à mi voix il lui tendit la main et l'entraîna vers le lit en s'exhortant à se refréner. Il n'avait qu'une envie. Plonger en elle et s'y perdre en donnant libre cours à sa passion jusqu'à ce qu'ils soient tous les deux ivres de plaisir. Il y aurait du temps pour ça. Un mois, en fait. Un mois pour savourer sa chaleur et lui montrer à quel point le sexe pouvait être fantastique. Mais ce soir il fallait privilégier la douceur et l'initier au sexe sans la brusquer. Il la souleva de terre et la déposa délicatement sur le lit. Puis il la rejoignit et l'embrassa longuement avant de commencer l'exploration de son corps sublime.

Bea fut transpercée par mille petites flèches de plaisir quand la bouche d'Ares se referma sur un mamelon hérissé. Tout en le mordillant et le léchant tour à tour, il glissa la main entre ses cuisses et effleura son sexe du bout des doigts. Elle laissa échapper un gémissement étranglé. Il accentua ses caresses, la mettant au supplice. C'était trop et en même temps ce n'était pas assez… La bouche d'Ares quitta son sein et traça un sillon de baisers jusqu'à son ventre, sur lequel elle s'attarda un instant avant de poursuivre sa descente. Elle se glissa entre ses cuisses… Sa langue effleura son sexe, puis devint plus insistante. Les doigts crispés sur le drap, Bea se mit à onduler des hanches. Elle sentait monter en elle un plaisir inconnu, qui s'annonçait dévastateur. Le rythme de la langue d'Ares s'accéléra. Encore… et encore… Une explosion de sensations inouïes lui coupa le souffle.

Alors qu'elle vibrait encore tout entière de plaisir, Ares prit place entre ses cuisses. Tout en l'embrassant dans le cou, il entra en elle avec d'infinies précautions. Instinctivement elle noua les jambes autour de ses reins en retenant son souffle. Une douleur aiguë la fit tressaillir et il s'immobilisa, lui murmurant à l'oreille des mots de grec qu'elle ne comprenait pas mais qui l'apaisèrent. La douleur s'estompa et elle creusa les reins dans une invitation silencieuse. Il l'embrassa avec ferveur avant de continuer à s'enfoncer lentement en elle en l'interrogeant du regard. Elle hocha la tête. La douleur n'était plus qu'un souvenir et des frissons délicieux la parcouraient. Il commença à aller et venir en elle avec une nonchalance exquise, puis il accéléra peu à peu le rythme. Ses coups de reins puissants l'emportèrent dans un tourbillon inexorable. Grisée, elle sentait de nouveau le plaisir monter en elle, encore plus prometteur que la première fois. Il la submergea bientôt dans une succession de vagues irrésistibles.

— Comment te sens-tu ?

Impossible de répondre à cette question. Comment pourrait-elle exprimer par des mots ce qu'elle ressentait ? Elle promena sur le visage d'Ares un regard à la fois rêveur et possessif. D'où lui venait ce sentiment qu'il était à elle, rien qu'à elle, et pour toujours ? C'était stupide. Un être humain ne pouvait pas en posséder un autre. Et de toute façon, même si c'était possible, le sexe ne serait pas la clé de la possession. Pour Ares, ce qui venait de se passer entre eux devait être tout à fait banal. Agréable, peut-être, mais pas surnaturel comme pour elle.

Le front plissé, Ares effleura ses lèvres du bout des doigts. De toute évidence, il attendait une réponse…

— Bien.

Elle réprima une moue de dérision. « Bien. » Elle n'aurait pas pu trouver un mot plus inapproprié. Elle se sentait tellement mieux que ça ! Elle se sentait transformée. Désirable et sensuelle. Désirée. Chérie. *Attention, Bea.* Il fallait rester lucide. Chérie, elle ne l'avait jamais été. Par personne. C'était un manque cruel dans sa vie, un manque qu'elle devait accepter. Il n'était pas question d'attendre d'Ares Lykaios qu'il comble ce vide. Entre eux il n'y avait que du sexe. Rien de plus. Ils s'étaient mis d'accord là-dessus.

Le bain était à la température idéale, mais Bea ne put réprimer une grimace en s'installant dans la baignoire. Tout son corps était endolori. Ce qui n'était pas désagréable, d'ailleurs. Mais Ares la regardait d'un air inquiet…

— Je vais bien. Mieux que bien.

Un sourire illumina le visage d'Ares.

— Je reviens.

Quelques minutes plus tard il était de retour, nu et avec deux verres contenant un liquide ambré.

— Du scotch ? demanda-t-elle en fronçant le nez.

— Tu n'aimes pas ça ?

— Je n'y ai jamais goûté.

— Décidément, c'est le thème de la soirée, plaisanta-t-il en posant les verres sur le bord de la baignoire avant d'entrer dans l'eau.

— J'ai réfléchi à une chose, murmura-t-elle en prenant un verre.

— Je t'écoute.

— Peut-être que je vais rester ici un mois.

Il éclata de rire.

— Pas seulement parce que j'ai beaucoup beaucoup apprécié ce que nous venons de faire…

— Bien sûr que non, murmura-t-il avec un sourire narquois. Ce serait purement professionnel.

— Absolument. Je devrais peut-être même t'appeler « monsieur Lykaios » de temps en temps.

Il finit son scotch, posa le verre sur le bord de la baignoire et se rapprocha d'elle.

— En tant que ton coach sexuel personnel et privé, j'approuve.

— Tu veux dire que j'ai encore des choses à apprendre ?

— Oh ! Beatrice, tellement de choses… Par où commencer ?

Ares se réveilla en sursaut avec un mauvais pressentiment. Ce dernier ne s'estompa pas lorsqu'il prit conscience du corps tout chaud blotti contre le sien. Bien au contraire. L'idée qu'il risquait de la faire souffrir le hantait. Il soupçonnait qu'il y avait en elle une blessure profonde qu'elle tentait désespérément de cacher. Comme avec toutes les femmes il avait été très clair sur la nature de leur relation. Et ils s'étaient mis d'accord sur sa date d'expiration. Pourvu que cela suffise…

Réprimant l'envie de la réveiller par un baiser passionné, il se leva et enfila un jean et une chemise noire. Si Danica se réveillait il ne voulait pas qu'elle dérange Bea. Celle-ci avait besoin de dormir. Avant de quitter la pièce il se retourna pour la regarder. Elle était si belle, si paisible, si… confiante quand elle dormait.

— Excusez-moi, dit Bea en étouffant un énième bâillement.

Ellen la regarda avec compassion.

— Le bébé vous a empêchée de dormir, cette nuit ?

Les joues en feu, Bea détourna les yeux avec un sourire contraint. Mieux valait ne pas penser à toutes les raisons pour lesquelles elle avait très peu dormi…

— Xanthia m'a dit que vous aviez beaucoup d'expérience avec les enfants.

— J'ai beaucoup de frères et sœurs plus jeunes que moi, répondit la jeune fille avec un sourire attendri. Et j'ai commencé à faire du baby-sitting à neuf ans.

— Quel âge avez-vous ?

— Vingt et un ans. Je sais que je parais plus jeune.

— C'est vrai, acquiesça Bea en invitant la jeune fille à entrer dans le salon.

Danica était installée dans un parc, allongée sur le ventre avec une balle dans la main.

— Oh ! comme elle est mignonne ! Je peux la prendre ?

— Je vous en prie.

Bea observa la jeune fille avec attention, surprise par la vivacité de l'instinct de protection qui se réveilla en elle. Comme la première fois où elle avait elle-même pris Danica dans ses bras, ce fut comme si un cordon invisible la reliait au bébé. À son grand dam, lorsque Ellen se mit à parler en grec à la petite fille, elle se sentit soudain exclue. Submergée par une souffrance familière, elle se détourna. Que lui arrivait-il ? Il fallait à tout prix qu'elle se ressaisisse. Cette réaction était disproportionnée. Elle avait une vie à Londres. Un travail. Dans un mois elle devrait retourner à l'agence, quoi qu'il arrive. Si par malheur Matthaios n'était pas encore sorti de cure, il était impératif qu'elle puisse laisser Danica avec quelqu'un de confiance. Or, Ellen semblait la personne idéale. Non seulement elle saurait s'occuper du bébé, mais elle lui témoignerait de l'affection.

— Combien de fois par semaine pouvez-vous venir ?

— Tous les jours.

Ellen installa Danica sur sa hanche et la berça en souriant.

— Je suis entre deux postes en ce moment. Ça tombe très bien.

— En effet, acquiesça Bea, la gorge nouée. J'ai vraiment besoin d'aide dans la journée, pour pouvoir travailler.

À cet instant, Danica tendit les bras vers elle et son cœur se gonfla d'une joie indicible. Elle s'efforça de résister à l'élan qui la poussait vers le bébé. Quand elle quitterait Porto Heli dans un mois, Danica poursuivrait sa vie auprès d'Ellen, d'Ares, puis de Matthaios. Alors que de son côté elle n'oublierait jamais ce petit bébé qui avait conquis son cœur en quelques minutes. Il fallait qu'elle se protège, qu'elle prenne ses distances… Mais elle eut beau se raisonner, ce fut plus fort qu'elle. Ses bras se tendirent d'eux-mêmes et elle prit Danica des bras d'Ellen.

— Si je vous faisais visiter la maison ? proposa-t-elle.

Une heure plus tard, elles s'étaient mises d'accord. Tous les jours Ellen passerait autant de temps que nécessaire avec Danica. Elle était serviable, disponible et affectueuse. C'était une chance, se répéta Bea. Dans un mois elle pourrait quitter

Porto Heli l'esprit tranquille. Et à vrai dire, avec l'arrivée d'Ellen, sa présence ici n'était déjà plus indispensable. Raison de plus pour garder la tête froide et éviter de s'attacher.

Au bébé comme à son oncle.

11.

— Comme c'est beau !

Bea poussa un petit soupir devant la symphonie en rose, orangé, pourpre et argent qui se jouait dans le ciel tandis que le soleil descendait lentement vers l'horizon. Depuis leur première nuit de passion, une semaine plus tôt, Ares et elle n'avaient pas manqué un seul coucher de soleil. Un rythme à peu près régulier s'était mis en place de lui-même. Ares travaillait la plupart du temps à Athènes et revenait en fin de journée, quand Danica était déjà au lit. Quant à Bea, elle partageait ses journées entre son travail pour l'agence et les moments passés à s'occuper de Danica. Elle s'efforçait de se reposer le plus possible sur Ellen, dont l'efficacité et l'enthousiasme se confirmaient chaque jour, mais restait malgré tout très impliquée dans la vie du bébé.

Son téléphone vibra. Elle le consulta et arqua les sourcils. Un message d'Amy…

> Désolée de m'être évanouie dans la nature. N'attache pas trop d'importance à ce que tu lis dans la presse. Je vais bien. Rien à voir avec la dernière fois. Je t'expliquerai tout quand on se verra. Bises.

Si Amy savait qu'elle n'avait pas lu un seul titre de journal depuis son arrivée en Grèce…

— Mauvaise nouvelle ? demanda Ares.

— Non, je ne pense pas…

Elle lança une recherche Google et poussa une exclamation de surprise à la vue du premier titre qui s'afficha.

> Scandale au palais ! Le roi de Vallia perpétue la tradition familiale en séduisant sa nouvelle employée, Amy Miller, de l'agence de relations publiques London Connection.

— Oh non, Amy !

Elle parcourut l'article avec stupéfaction. D'après les dernières nouvelles qu'elle avait eues, Amy était partie à Vallia en mission pour l'agence. Que s'était-il passé ? Mais bon, dans son texto elle disait que tout allait bien… En tout cas, elle n'avait certainement pas une aventure avec un homme comme Luca Albizzi ! Pas après ce qui lui était arrivé… Bea envoya l'article à Clare. Qui avait disparu elle aussi, d'ailleurs… Après avoir prévenu qu'elle ne serait pas disponible pendant un certain temps…

Bea reporta son attention sur le ciel et surtout sur l'homme qui nageait dans la piscine.

— Tu es sûre que tu ne veux pas me rejoindre ?

— Comme je te l'ai dit à chaque fois que tu me l'as demandé cette semaine, il fait beaucoup trop froid pour se baigner.

Ares pouffa.

— Je t'assure qu'aujourd'hui il fait chaud.

Il était vrai que l'air s'était un peu réchauffé. Encore six semaines avant l'été, mais il préparait visiblement son arrivée.

— Je vais faire un compromis et m'asseoir au bord, d'accord ?

Ares ne dit rien. Il se contenta de la regarder se diriger vers la piscine dans sa minijupe en jean, puis s'asseoir et laisser tremper ses jambes dans l'eau.

— Comment ça se passe au travail ? demanda-t-elle en lui ébouriffant les cheveux.

— Plutôt chargé.

Il plongea un instant son regard dans le sien, puis il

détourna les yeux. Elle sentit son cœur se serrer. Pourquoi avait-elle l'impression qu'il lui cachait quelque chose ? C'était la première fois depuis une semaine qu'elle éprouvait de l'appréhension. Commençait-il à se lasser ? S'il voulait qu'elle s'en aille, elle ne protesterait pas. Elle partirait la tête haute. Comme à chaque fois qu'elle redoutait d'être rejetée, elle décida de prendre les devants.

— Ellen s'en sort très bien avec Danica.

— Oui, répliqua-t-il d'un air distrait.

Comme s'il avait quelque chose d'important à l'esprit. Malgré ses bonnes résolutions, elle sentit la panique la gagner.

— En fait, elle pourrait s'installer ici, tu sais.

Elle s'éclaircit la voix, puis elle accrocha un sourire étincelant à ses lèvres.

— Tu pourrais même me libérer de mon kidnapping plus tôt que prévu.

— Quoi ?

Il plissa le front avec une perplexité manifeste.

— Nous nous étions mis d'accord pour que je reste un mois, mais c'était avant que Xanthia suggère de faire appel à Ellen. Danica était encore très agitée. Aujourd'hui c'est un autre bébé. Tu n'as plus vraiment besoin de mon aide.

Elle avait beau tenter de soutenir le regard d'Ares en prenant un air désinvolte, elle en était incapable. La gorge nouée, elle concentra son attention sur l'eau de la piscine.

— Nous avons dit un mois, répliqua-t-il d'un ton sec. Quand je conclus un accord avec quelqu'un, j'attends qu'il soit respecté. Essayes-tu de rompre le nôtre ?

Elle déglutit péniblement. Que devait-elle penser de cette réaction ? En tout cas, il ne sautait pas sur l'occasion de se débarrasser d'elle. N'était-ce pas l'essentiel ?

— Non, pas du tout, répondit-elle d'une voix moins assurée qu'elle ne l'aurait voulu.

Il jura en grec, puis il se rapprocha d'elle et scruta son visage.

— Tu as envie de rentrer chez toi ? Je ne te retiendrai pas ici contre ton gré. Et quoi que tu fasses je ne romprai pas mon contrat avec London Connection. Tu ne dois pas te sentir obligée de rester pour préserver l'agence.

— Aurais-tu vraiment mis ta menace à exécution si je n'avais pas accepté de rester ?

— Je ne vois pas comment je pourrais trouver quelqu'un de plus efficace que Clare. Et de toute façon je ne laisse jamais ma vie personnelle influencer mes décisions professionnelles. Me passer de ses services parce qu'elle a commis une unique erreur en deux ans aurait été stupide de ma part.

Bea se sentit soudain plus légère.

— Alors tu utilisais l'absence de Clare uniquement pour faire pression sur moi ?

Il secoua les doigts au-dessus de son genou pour y faire tomber des gouttes.

— J'utilise les outils à ma disposition pour obtenir ce que je veux.

— Et que voulais-tu ?

— Avoir l'occasion de mieux te connaître.

— Pourquoi ?

— Je ne peux pas le dire.

— Pourquoi pas ?

— Je veux dire que je ne le sais pas. Tu étais différente.

— Différente de quoi ?

Il posa les mains sur le bord de la piscine et se hissa en partie hors de l'eau.

— Tu me fascinais, précisa-t-il en effleurant ses lèvres en un baiser léger comme un papillon. Tu étais une contradiction ambulante et je voulais te comprendre.

Il se laissa retomber dans l'eau et posa les bras sur ses cuisses.

— Et maintenant tu me comprends ?

— Non. Plus je te connais, moins je te comprends.

Elle arqua les sourcils.

— Je crois que tu cherches trop. En réalité je suis très simple.

— Menteuse ! s'exclama-t-il avec un rire incrédule.

Elle plongea les doigts dans l'eau et fit couler des gouttes sur son épaule.

— Reste tout le mois, ajouta-t-il en plongeant son regard dans le sien. Pour me laisser plus de temps pour essayer de te comprendre.

Ce n'était pas exactement ce qu'elle avait besoin d'entendre, mais c'était déjà bien. Pour l'instant ça suffisait à dissiper ses inquiétudes, à lui prouver qu'il voulait vraiment la garder auprès de lui. Il ne comptait pas les minutes jusqu'à son départ.

— Quelle est cette chanson que tu lui chantes ? demanda Ares plus tard ce soir-là, alors que Bea dormait presque.

Les paupières lourdes, elle mit un moment à s'arracher à la somnolence. Des frémissements délicieux parcouraient son corps, vestiges du plaisir qu'ils avaient partagé un peu plus tôt.

Elle n'était pas retournée dans la chambre d'amis depuis la première nuit où ils avaient fait l'amour. Ils n'en avaient pas discuté. Ça s'était imposé naturellement en raison d'un désir mutuel toujours renouvelé.

— Quelle chanson ?

Il fredonna l'air familier d'une voix grave.

— Son titre, c'est *Calon Lân.* C'est une chanson traditionnelle galloise.

— Tu parles le gallois ?

— Non.

Elle eut un sourire triste. Elle n'avait jamais dit à personne pourquoi elle connaissait cette chanson…

— J'avais l'habitude de la fredonner quand j'étais petite. Juste les quelques paroles dont je me souvenais. Pendant longtemps je n'ai pas su d'où je la connaissais ni pourquoi je la chantais. Ronnie, mon père adoptif, l'a reconnue et l'a jouée pour moi entièrement.

— Où l'as-tu apprise ?

Elle sentit son cœur se serrer. La souffrance était si vive… Mais après tout elle avait l'habitude d'affronter la souffrance.

— C'est le seul souvenir que j'ai de ma mère biologique. Ce n'est même pas un souvenir, en réalité. Juste une image floue. Et si je me concentre pour tenter de la voir plus nettement ça ne marche pas. Au contraire. L'image s'efface. Je ne me souviens pas du visage de ma mère ni de ma vie d'avant… avant que j'aille vivre avec Ronnie et Alice. Mais je sais qu'elle me chantait cette chanson. Et elle a dû le faire souvent parce qu'elle est comme imprimée en moi. Et quand je la chante je sens ses bras autour de moi. Je sais que c'est bizarre.

Ares secoua la tête.

— La mémoire est une chose mystérieuse.

— Oui. Quand j'ai entendu Danica pleurer le premier soir, la chanson est sortie de ma bouche automatiquement. Elle m'a toujours réconfortée, et j'ai pensé que ça pourrait peut-être faire le même effet à Danica.

— Apparemment, elle fait merveille.

Elle hocha la tête et posa la main sur le torse d'Ares. Sous sa paume elle sentit les battements réguliers de son cœur.

— Qu'est-il arrivé à tes parents biologiques ?

Elle prit conscience qu'elle craignait cette question depuis toujours. Personne ne la lui avait jamais posée. Amy et Clare avaient compris que c'était un sujet tabou.

— Ils ne voulaient pas de moi.

Comme c'était douloureux de prononcer ces mots… C'était comme si une poigne de fer lui broyait le cœur.

— Pour quelle raison ? demanda Ares, le front plissé.

Elle roula sur le dos avec un petit rire contraint et fixa le plafond.

— J'étais une enfant difficile, je pense.

Incapable de regarder Ares, elle ne vit pas sa réaction.

— Ça va, mentit-elle. Ils ont bien fait de me confier à l'adoption, de toute évidence dans l'espoir que je serais accueillie dans une famille plus capable de prendre soin de moi.

— Et c'est ce qui s'est passé ? demanda-t-il après un silence.

Encore une question qu'on ne lui avait jamais posée. Mais cette fois c'était parce que Clare et Amy avaient pu voir la vérité elles-mêmes.

— J'ai toujours eu tout ce qu'on peut désirer.

— Pourquoi est-ce que je soupçonne que ce n'est pas vrai ?

Ce qu'il était pénible avec ses questions ! Elle n'avait pas envie d'en parler.

— Tu plaisantes ? Qui ne voudrait pas être élevé par un couple de célébrités ?

— Des tas de gens. Et toi en particulier.

La gorge nouée, elle déglutit péniblement.

— Tu détestes attirer l'attention, poursuivit-il d'une voix douce. Et, vu leur célébrité, j'imagine que tu en as reçu plus que ta part.

Elle soupira.

— C'était une enfance assez étrange. Ils pensaient qu'ils ne pouvaient pas avoir d'enfants, si bien qu'au début j'ai été gâtée pourrie.

— Et puis un jour elle est tombée enceinte et tout a changé pour toi, commenta Ares, qui se souvenait visiblement de la conversation qu'ils avaient eue le soir de leur arrivée à Porto Heli.

— Oui, beaucoup de choses.

Elle haussa les épaules.

— Mais, comme je l'ai dit, je n'aime pas parler de ma famille.

— La dernière fois je n'ai pas insisté quand tu m'as dit ça, mais aujourd'hui tu ne vas pas t'en tirer aussi facilement.

Devant son regard surpris, Ares rappela :

— Je veux te comprendre. Et je soupçonne qu'elle est à la racine de ton mystère.

— Il n'y a pas de mystère.

— Pourquoi as-tu décidé de faire des études de droit ?

Ce brusque changement de sujet la prit de court.

— J'étais douée.

— J'imagine que tu as souvent été félicitée pour ça ?

— J'ai eu mon diplôme avec mention très bien, alors dans ce sens, oui.

— Et tes parents ? Ils étaient fiers ?

Elle dut faire appel à toute sa volonté pour rester impassible. Des années après, la souffrance était toujours aussi vive… Le jour où elle avait appelé ses parents pour les informer de ses résultats, sa mère l'avait tout de suite coupée pour lui annoncer qu'Amarie avait rencontré un acteur hollywoodien, avec qui elle sortait. « Nous pensons qu'ils pourraient bientôt se fiancer ! Il est adorable, ma chérie. »

— Bien sûr qu'ils étaient fiers, mentit-elle.

Elle n'eut pas besoin de regarder Ares pour savoir qu'il ne la croyait pas.

— Étais-tu le genre d'étudiante qui réussissait facilement ses examens sans avoir besoin de beaucoup travailler ?

— Non.

Oh ! comme elle détestait ces larmes qui inondaient sa gorge ! Elle déglutit péniblement avant d'ajouter :

— Je suppose que j'ai des dispositions pour le droit. Ça me donnait moins de mal que les mathématiques, par exemple. Mais je travaillais énormément. Je ne faisais rien d'autre. J'étais déterminée à… réussir.

Pas question d'admettre qu'elle était en grande partie motivée par le désir de faire la fierté de ses parents.

— Et c'est ce que tu as fait, dit Ares d'une voix douce.

Ce n'étaient pas des félicitations, mais ces paroles lui firent chaud au cœur. Ravalant ses larmes, elle eut un pâle sourire.

— Merci.

Il lui caressa les cheveux.

— Autrefois je regardais les gens comme toi et je pensais

que vous aviez tout. J'observais avec envie les étudiants et j'aurais donné n'importe quoi pour changer de place avec l'un d'eux. Je voulais absolument faire des études. Je trouvais que les gens comme toi avaient une vie facile.

— Par rapport à toi, oui, c'est vrai.

— Je ne suis pas sûr, murmura-t-il en se penchant sur elle pour effleurer ses lèvres. Les gens ne sont pas seulement affamés de nourriture, *agápi mou.*

12.

Bea était très inquiète pour Amy. Lors de leur dernière conversation téléphonique tout semblait aller bien. Certes la discussion n'avait pas duré longtemps, mais elle avait pensé qu'Amy était en retard dans son travail. Mais à présent Amy était de retour à Londres, et apparemment sa priorité avait été d'envoyer ce mail. Bea relut le message en secouant la tête avec consternation.

Licenciez-moi, avant que ce scandale échappe à tout contrôle.

Ça n'avait aucun sens. Il fallait qu'elle parle à Amy, qu'elle lui dise qu'elle l'aimait et qu'elle la soutiendrait toujours. Il était hors de question de licencier qui que ce soit !

— Où es-tu ? Quand reviens-tu ? demanda Amy quand Bea l'appela.

Mais, avant que Bea ait eu le temps d'éluder cette question pour lui parler de son mail, Amy reçut un texto de sa mère et dut raccrocher abruptement. Bea reposa son téléphone, de plus en plus inquiète.

La semaine suivante Ares eut pour la première fois l'autorisation de rendre visite à son frère. Matthaios semblait apaisé, mais Ares ne pouvait s'empêcher d'être anxieux. Il craignait à tout moment d'avoir une parole ou un geste maladroit qui risquerait de déstabiliser son frère et de perturber le déroulement de sa cure.

— Qui est la femme sur la photo ? demanda Matthaios en montrant Bea sur le téléphone d'Ares.

— Juste quelqu'un qui m'aide à m'occuper de Danica, répondit Ares avec embarras.

Après tout, c'était la raison originelle de la présence de Bea à Porto Heli…

— *Theós,* elle ressemble à sa mère !

Matthaios ne s'était pas attardé sur Bea. Il n'avait d'yeux que pour Danica.

— Je vais demander aux médecins si je peux l'amener ici. Le traitement se passe bien, apparemment. Tu sembles de nouveau toi-même.

Matthaios secoua la tête.

— Ne l'amène pas ici. C'est déjà assez navrant que j'y sois. Je ne veux pas dire que je n'en ai pas besoin. Je sais que c'est indispensable. Mais je ne veux pas que Danica me voie comme ça.

— Elle a à peine six mois. Je ne pense pas que le manque de charme de l'endroit lui posera un problème.

— Je préfère qu'elle ne vienne pas ici.

— Je pense que tu lui manques.

— Elle mérite tellement mieux.

Ares soupira. Ces derniers temps il réfléchissait à l'importance des liens entre les enfants et leurs parents ou les personnes qui s'occupaient d'eux. Pour son frère et lui, c'était leur grand-père qui avait été un guide. Lorsqu'il était mort, les leçons qu'il leur avait apprises étaient restées. Pour sa part il savait que c'était à lui qu'il devait sa résilience et sa détermination. À ces matins de pêche passés à lutter contre les éléments, à effectuer des manœuvres difficiles dans le froid sans jamais se plaindre ni même évoquer les rigueurs de cette vie.

— Je pense qu'elle va bien, dit-il.

— Grâce à toi. Ares qui vient à la rescousse, comme toujours.

Ares eut un pincement au cœur. Non, il se contentait de réparer les dégâts qui auraient pu être évités s'il s'était mieux occupé de son frère et de sa nièce.

— Elle vient d'une agence ? Je croyais que Cassandra était la dernière nurse qu'ils t'avaient envoyée après toutes celles que j'ai virées ou bien houspillées.

— Non. C'est… une amie.

— Oh !

Matthaios regarda plus attentivement la photo sur l'écran et Ares eut envie de la faire disparaître. Il n'était pas prêt à parler de ce qui se passait entre Bea et lui. Il aurait l'impression d'une trahison. Ce qu'ils partageaient était hors du temps et de leurs vies normales. Ils ne s'étaient jamais mis d'accord pour garder leur histoire secrète, mais pour lui c'était une évidence.

Nous avons travaillé ensemble. Elle a vu que c'était compliqué pour moi et elle m'a proposé son aide.

— Je vois.

Ares serra les dents. Allons bon, ça ne l'étonnerait pas que Matthaios voie exactement… Ils avaient vécu tant de choses ensemble qu'ils étaient très proches. Personne ne le comprenait aussi bien que Matthaios.

— Aurai-je l'occasion de la rencontrer ?

— Non. Elle doit repartir à Londres la semaine prochaine. Elle ne pouvait pas accorder plus d'un mois à Danica, malheureusement.

Ares s'efforça d'ignorer la douleur vive qui lui transperçait la poitrine.

— Je ne sais pas quand je sortirai, Ares. Tu es sûr qu'elle ne peut pas rester plus longtemps ?

— Prends tout le temps dont tu as besoin. Beatrice a engagé une fille de la région, qui est très bien aussi. Ellen adore Danica et elle sera toujours disponible quand tu rentreras chez toi. C’est quelqu’un qui peut te faciliter le retour à la vie normale.

— Et me surveiller, tu veux dire ? demanda Matthaios d’un ton vif.

Il eut aussitôt une moue contrite.

— Excuse-moi. Je sais que tu ne cherches qu’à m’aider. C’est juste que je ne supporte pas… d’être ici et de n’avoir aucun…

— Contrôle. Je comprends ce que tu ressens. Mais en te soignant tu reprends peu à peu le contrôle. Sur cette addiction qui détruira ta vie si tu la laisses te dominer, comme elle a détruit celle de notre mère.

— Je sais. Je ne flancherai pas, Ares.

Matt jeta un nouveau coup d’œil à l’écran du téléphone.

— Elle compte trop pour moi.

— Tu es bien silencieux.

Ares leva les yeux et regarda Bea par-dessus le bord de son verre.

— Ah bon ? éluda-t-il.

Elle avait raison. Il était préoccupé depuis sa visite à Matthaios.

— Tu as répondu par monosyllabes pratiquement toute la soirée.

L’inquiétude se lisait dans les yeux de Bea.

— Tout va bien ?

— J’ai vu Matt, aujourd’hui. Mon frère. Le père de Danica.

À en juger par son sourire amusé, Bea trouvait superflues ces deux dernières précisions. Et elle avait bien raison.

— Comment va-t-il ?

— Mieux. Mais il trouve frustrant qu’atteindre le plein rétablissement prenne plus de temps que prévu.

— Que disent les médecins ?

— Qu’il doit prendre tout le temps dont il a besoin, mais

qu'il présente des signes très prometteurs de guérison. Bien sûr le chemin n'est jamais facile. Il devra rester vigilant toute sa vie. À ce stade, l'objectif est de lui fournir les outils dont il a besoin pour détecter les risques de rechute et aussi pour apprendre à s'entourer de gens qui lui font du bien.

— Comment était la mère de Danica ?

Ares eut un large sourire.

— Elle avait une excellente influence sur lui. Il l'adorait et elle ne laissait rien passer. Le concept d'âmes sœurs me fait horreur, mais dans ce cas je ferais volontiers une exception.

— Tu es sceptique à ce point à propos de l'amour ?

Il éprouva une pointe d'inquiétude. Certes Bea était déterminée à reprendre sa vie à Londres, mais on ne savait jamais… Pour sa part, il avait passé trois semaines très agréables en sa compagnie, mais la fin prochaine de leur aventure ne lui posait aucun problème. Oh ! bien sûr, au début elle allait lui manquer, mais juste sur le plan sexuel. Et ça ne durerait sans doute pas longtemps.

— L'amour est positif, répondit-il avec un sourire prudent. Pour Matthaios il était nécessaire. Ingrid l'a changé. Et même si sa mort a détruit quelque chose en lui il reste un homme meilleur pour l'avoir aimée.

— Mais ce n'est pas pour toi.

— L'amour implique de s'engager et j'ai toujours préféré être seul.

— Pourquoi ?

— C'est toi qui me demandes ça ?

— Ma carrière est toute ma vie.

— Enfant, je savais que la vie de Matthaios était inextricablement liée à la mienne. À la mort de notre grand-père il est devenu dépendant de moi à un point qui me hante encore aujourd'hui. Trop souvent je n'ai pas été à la hauteur.

— Je suis sûre qu'il ne partagerait pas cette opinion.

— En tout cas, c'est ce que je ressens. Je ne veux pas que

quelqu'un d'autre devienne dépendant de moi. Ni une femme ni un enfant. Personne.

Bea but une gorgée de vin, le regard songeur. Pourquoi tenait-il absolument à ce qu'elle comprenne ?

— La dépendance c'est… difficile. Ma mère…

— Oui ?

— Je ne pouvais pas l'aider. Je l'aimais, j'étais un enfant et c'était ma mère, mais tout ce que je pouvais faire ou dire ne servait à rien.

— Comment était-elle ?

— Drôle. Quand elle était là, en tout cas. Par moments elle débordait d'énergie. Elle nous emmenait au terrain de jeux en pleine nuit, ou bien elle nous faisait entrer au cinéma en cachette. Elle était spontanée et…

— Fantasque ?

— Exactement. Aujourd'hui je comprends que ces périodes fantasques correspondaient à celles où elle buvait. Et elles étaient suivies par des périodes sombres pendant lesquelles elle restait au lit toute la journée.

— Et tu t'occupais d'elle ?

— Autant qu'elle le permettait.

— Et Matthaios ?

— Je m'occupais de lui aussi. Il fallait bien que quelqu'un le nourrisse. Tu comprendras donc que l'idée d'être indispensable à quelqu'un ne me plaît pas. Ce n'est pas sain. Je déteste ça.

— La plupart des gens considéreraient ce discours comme celui d'un solitaire.

— Mais pas toi ?

— Non, pas moi.

Il se pencha en avant et posa une main sur celle de Bea, sur la table.

— Je ne m'engage pas dans des relations sérieuses avec les femmes que je fréquente pour les raisons que je viens de t'expliquer, mais je fréquente des femmes. J'aime leur compagnie. J'aime le sexe. Je reconnais l'importance des relations humaines, même si je connais mes limites.

Elle eut un sourire ironique.

— Je ne pense pas que cette façon de vivre soit plus recommandable que la mienne.

— À ton retour à Londres tu as l'intention de recommencer à vivre comme avant ? En évitant les hommes, en refusant les invitations, en te cachant dans des tenues peu flatteuses de peur que quelqu'un ne s'aperçoive que tu es une femme séduisante et sensuelle ?

Elle devint écarlate et l'indignation se peignit sur son visage.

— Ce n'est pas… ! Ça ne te regarde pas.

Il croisa leurs doigts et lui pressa la main.

— Tu mérites mieux que cette vie.

— J'aime ma vie, rétorqua-t-elle en retirant sa main.

Elle se leva et s'éloigna vers la piscine. Les soirées devenant plus chaudes, ils avaient pris l'habitude de dîner sur cette terrasse. Il se leva à son tour. Tout ce qu'il avait dit était exact, mais perturber Bea était intolérable. Il la rejoignit, s'immobilisa derrière elle et referma les mains sur ses épaules.

— C'est ta vie, murmura-t-il d'une voix douce. Et dans moins d'une semaine tu la retrouveras. Je n'aime pas t'imaginer seule. Même si, très égoïstement, je souhaiterais que tu n'aies jamais aucune aventure avec un autre homme.

Il la sentit suffoquer et il émit un petit rire.

— Ne t'inquiète pas. Je ne suis pas en train de suggérer que nous prolongions la nôtre. C'est juste un problème d'ego masculin.

— Et si… ?

— Oui ?

Elle se retourna et plongea son regard dans le sien.

— Et si après la fin de mon séjour ici nous… continuions à nous voir ? De temps en temps, ajouta-t-elle précipitamment.

Attention ! Danger ! Danger dans cette proposition,

danger dans l'effet que Beatrice lui faisait encore après trois semaines de vie commune – l'aventure la plus longue qu'il avait jamais eue… Pas de doute, si garder le contrôle de sa vie était la chose la plus importante pour lui, Bea représentait une menace bien réelle.

— Ce n'est pas possible.

Il eut le temps de voir la souffrance dans ses yeux avant qu'elle ferme les paupières.

— Pourquoi ?

— Parce que ce serait juste retarder l'inévitable. Je ne te laisserai pas gâcher ta vie comme ça.

— C'est ma vie.

— Et c'est ma conscience qui m'interdit de te laisser la gâcher.

Elle se détourna brusquement.

— Bea, j'aime le sexe. Beaucoup. Ces dernières semaines ont été… elles ont dépassé tout ce que j'aurais pu imaginer. Mais nous savions tous les deux qu'elles ne dureraient pas.

Le silence devint épais. Quand elle parla, ce fut d'une voix si basse qu'il dut se pencher pour l'entendre.

— Ce n'est pas une déclaration d'amour. Je dis juste que nous pourrions, de temps en temps, nous voir quand je serai de retour à Londres. Si tu en as envie.

Pourquoi trouvait-il cette proposition encore plus détestable ? Pourquoi avait-il envie de lui crier qu'une relation sans engagement n'était pas assez bien pour elle ? Crispant la mâchoire, il la fit pivoter vers lui.

— Je veux que nous savourions le temps qui nous reste et qu'ensuite tu quittes ma maison sans un regard en arrière. Ne pense plus à moi, ne pense plus à Danica. Rentre chez toi et reprends ta vie. Promets-moi seulement de garder l'esprit ouvert en ce qui concerne les sorties. Tu mérites mieux que de continuer à repousser tout le monde, *agápi mou.*

La souffrance la transperçait de toutes parts. Une souffrance familière.

Il ne voulait pas d'elle.

La souffrance était insupportable, mais il n'était question de la lui laisser voir.

— Je t'accorderai presque tout ce que tu as demandé, dit-elle d'une voix douce.

Il restait immobile. Figé. C'était la confirmation dont elle avait besoin. Il ne voudrait jamais d'elle. Personne ne voudrait jamais d'elle.

— Je ne penserai pas à toi quand je partirai…

Sa voix s'étrangla un peu.

— … mais Danica aura toujours une place dans mon cœur. Je ne peux pas promettre que je ne penserai pas souvent à elle.

Le lendemain matin à l'aube, Bea quitta silencieusement le lit d'Ares et sortit sur la plage. Le sable était froid et humide sous ses pieds. C'était presque fini. Bientôt, elle ne se réveillerait plus à côté de lui. Il ne restait plus qu'une poignée de nuits dans le lit d'Ares et ensuite elle ne le reverrait plus jamais. Parce qu'il ne voulait pas d'elle. Elle ne voulait pas faire ce qu'il avait suggéré hier soir. Elle ne voulait pas l'oublier. Elle ne voulait pas vivre sans lui dans sa vie. Cette pensée lui arracha un gémissement. Elle s'immobilisa et porta un poing à sa bouche pour étouffer un sanglot. Puis elle se laissa tomber sur le sable, face à la mer, étreinte par la peur.

Malgré tout ce qu'ils lui avaient fait subir, elle aimait ses parents. Elle avait tenté d'arrêter, mais l'amour ne se commandait pas. Et malheureusement, sans doute depuis le soir où il avait fait irruption pour la première fois dans le bureau à Londres, elle était tombée éperdument amoureuse d'Ares. C'était un désastre.

Il ne l'aimerait jamais. Elle le savait sans l'ombre d'un doute. S'il avait éprouvé quelque chose pour elle, il aurait accepté qu'ils continuent à se voir après son retour à Londres. Il avait refusé. Il ne l'aimait pas. Il n'y avait plus qu'une chose à faire.

Prendre la fuite.

13.

C'était si bon, ses bras autour de sa taille… Bea s'accorda encore un moment, un dernier moment de félicité, quelques secondes encore pendant lesquelles elle pouvait faire comme si la vie était aussi belle qu'elle aurait dû l'être.

Son cœur se mit à battre à grands coups. *Tu pourrais rester.* Oui, elle pourrait rester jusqu'à la fin de la semaine, savourer la passion qu'il était prêt à offrir, recueillir les miettes de son affection pour après, quand il ne ferait plus partie de sa vie et qu'elle aurait besoin de puiser dans ses souvenirs un peu de poudre d'or pour embellir ses journées.

À quel prix ? Un sanglot enfla dans sa gorge et elle s'écarta d'Ares pour s'appuyer contre le comptoir à l'autre bout de la cuisine. Heureusement, elle avait une longue expérience en matière d'adieux douloureux et de désespoir.

— Beatrice ?

Comme elle aimait qu'il l'appelle par son prénom ! Il était le seul à le faire, et cette façon de le prononcer avec son accent épicé de désir… Déglutissant péniblement, elle se tourna vers lui et se força à soutenir son regard. Une lueur d'inquiétude brillait dans ses yeux gris.

— Quelque chose ne va pas.

Elle avait demandé à Ellen d'emmener Danica en promenade dans son berceau, après l'avoir serrée brièvement dans ses bras et avoir déposé un baiser sur le bout de son nez.

— Qu'y a-t-il ?

Ares la rejoignit et prit ses mains dans les siennes. Parmi

les milliers de mots qui tournoyaient dans son esprit, elle chercha les plus appropriés pour expliquer sa décision.

— Le jour de la remise des diplômes à l'université, mes parents ont chargé leur assistant de venir prendre des photos et de m'offrir un cadeau. Le pauvre était terriblement embarrassé. Il a pris les photos, il m'a donné le cadeau et il est reparti aussi vite que possible. J'étais furieuse et dévastée. C'était une simple cérémonie de remise des diplômes à une heure de voiture de chez eux et ils n'ont même pas fait l'effort de venir.

Visiblement perplexe, Ares hocha la tête, le front plissé.

— Depuis toujours je vis avec un sentiment horrible, poursuivit-elle. J'aime des gens qui ne m'aimeront jamais en retour. Mes parents m'ont toujours donné tout ce dont j'avais besoin matériellement, mais aujourd'hui encore ils ne savent pas qui je suis. Et pourtant je les aime parce que ce sont les seuls parents que j'ai.

Elle ferma un instant les yeux, submergée par une foule de souvenirs.

— Aimer sans être aimé en retour est horriblement douloureux, si bien que je me suis juré de ne jamais prendre ce risque. Pourquoi quelqu'un m'aimerait-il, de toute façon ?

Ares lui pressa les mains.

— Ne dis pas ça. Tu sais que tu es une femme fantastique. N'importe quel homme serait heureux de t'avoir.

— Arrête, ordonna-t-elle d'un ton cinglant. Ne me mens pas. Ne cherche pas à m'apaiser avec des mots creux. L'expérience m'a appris qu'il est facile de dire le contraire de ce qu'on ressent.

— Je ne mens jamais sur ce que je ressens, objecta Ares avec une lueur de défi dans les yeux.

— Mais tu ne m'aimes pas.

Il pinça les lèvres.

— Tu dis que n'importe quel homme serait heureux de m'avoir, mais toi tu ne veux pas de moi. N'es-tu pas un homme comme les autres ?

— Beatrice…

— Si j'ai suggéré hier soir que nous pourrions nous revoir après mon départ, ce n'est pas seulement parce que j'aime le sexe avec toi. J'aime aussi passer du temps avec toi. Et, s'il est possible que deux êtres soient faits l'un pour l'autre, alors j'ai le sentiment que tu es fait pour moi.

La mâchoire d'Ares se crispa, mais il resta silencieux.

Rassemblant tout son courage, elle poursuivit, la voix vibrante d'émotion :

— Je t'ai menti, hier soir, Ares. Mais seulement parce que je me mentais à moi-même. Il se trouve que mon cœur est à toi depuis le jour de notre rencontre. Et je veux que tu le gardes pour toujours.

Elle prit conscience qu'une larme avait roulé sur sa joue lorsque celle-ci tomba sur son poignet.

— Je n'arrive pas à le croire, murmura Ares avec une déception manifeste. J'ai été si clair…

— Je sais, coupa-t-elle, le cœur serré. Mais pensais-tu vraiment que ce serait suffisant ?

Une lueur étrange s'alluma dans les yeux d'Ares. Était-il blessé ? Si oui, tant mieux ! Que lui prenait-il ? se demanda-t-elle aussitôt. Comment pouvait-elle avoir envie de blesser l'homme qu'elle aimait ? C'était sans doute parce que lui-même la blessait et qu'elle en avait assez. Elle ne supportait plus d'être blessée et ignorée par les gens qu'elle aimait.

— Tu m'as dit que tu ne voulais pas d'amour, mais chaque nuit que nous avons passée ensemble tu m'as incitée à t'aimer ! Ce que tu me demandais avec des mots, ton corps le rendait impossible.

— Ce n'est que du sexe, objecta-t-il.

Mais sa voix était mal assurée et le remords se lisait sur son visage.

— Waouh. Que du sexe. C'est bon à savoir.

— Beatrice, ce n'est pas ce que j'ai voulu dire…

— Encore des mots, coupa-t-elle, gagnée par la panique.

Tu dis que je ne peux pas t'aimer, mais de ton côté t'es-tu seulement demandé si tu m'aimais ou pas ?

Le visage d'Ares se ferma et ses yeux lancèrent des étincelles.

— Je n'ai pas besoin de me le demander.

La gorge nouée, elle déglutit péniblement.

— Alors tu ne m'aimes pas…

— Je l'ai dit dès le premier soir.

— Oui, oui. Mais c'était il y a un mois. Ça n'a pas changé depuis ?

Il la regarda pendant quelques secondes, puis il secoua la tête.

— Non, ça n'a pas changé.

Bea eut l'impression qu'un coup de poignard lui fendait le cœur en deux. Il était si clair, si catégorique… Il faudrait être stupide pour continuer cette discussion. Mais elle ne put s'en empêcher.

— Quand je suis arrivée ici, je voulais te haïr pour m'avoir kidnappée. Mais ensuite j'ai vu ton comportement avec Danica, puis avec moi. Et tout a changé. Je suis tombée éperdument amoureuse de toi, Ares.

— Arrête de dire ça, Beatrice. C'est une trahison de notre accord. Je ne veux pas de ton amour. Je ne veux pas que tu aies besoin de moi. Pour l'amour du ciel, je ne veux rien de toi… tu as compris ?

Elle tressaillit. Il était visiblement aussi surpris qu'elle par cet éclat. Dire qu'elle avait espéré déceler au moins l'ombre d'un doute dans son attitude… Elle se détourna, la mort dans l'âme.

— Je ne voulais pas te faire souffrir. C'est la dernière chose au monde que je souhaitais.

— Alors pourquoi le fais-tu ?

— Ai-je le choix ? Je ne t'aime pas, Beatrice. Devrais-je te mentir, juste pour éviter de te faire pleurer ?

Il referma la main sur sa joue avec une telle douceur qu'elle faillit éclater en sanglots. Il y avait une telle tendresse dans son geste, une telle affection… Et pourtant il ne ressentait ni l'une ni l'autre pour elle.

— Je ne t'aime pas, mais pas parce que tu n'es pas digne d'être aimée, *agápi mou.*

Elle baissa la tête et fixa le sol.

— Alors pourquoi ?

— Parce que j'en suis incapable. Et parce que ce n'est pas ce que je veux.

« Tu n'es pas ce que je veux. » Très simple. Et sans appel.

Elle cligna des paupières pour chasser les larmes qui lui brouillaient la vue.

— Il faut que je parte d'ici.

Ce fut d'abord un murmure, puis sa voix s'affermit.

— Il faut que je parte.

— Oui.

Ce « oui » ferme et sonore fut le coup de grâce. Elle pivota juste à temps pour étouffer un sanglot.

— Je vais faire faire le plein du jet.

— Non.

Ce fut une réaction viscérale.

— Pas ton jet. Si tu peux juste me faire conduire à Athènes, je réserverai moi-même un vol.

— Beatrice, sois raisonnable. J'ai un avion prêt à décoller. Ça ne pose pas de problème.

— Non.

Elle se prépara à discuter et à imposer son point de vue. Mais à sa grande surprise il n'insista pas.

— Quand veux-tu partir ?

— Je suis prête.

Les yeux gris étincelèrent.

— Je vais chercher Danica pour que tu puisses lui dire au revoir.

— C'est fait. Ellen l'a emmenée en promenade. Je ne voulais pas qu'elles entendent notre conversation.

— Tu as pensé à tout, commenta-t-il froidement.

— N'essaye pas de m'attribuer le mauvais rôle.

Les traits d'Ares se crispèrent puis il soupira.

— Ce n'est pas mon intention. Je suis très conscient qu'il me revient.

Elle le regarda en silence, dévastée, incapable de prononcer un mot.

— Retrouve-moi sur le toit quand tu seras prête. J'attendrai.

Quelques minutes plus tard, Ares vit Bea arriver sur le toit avec un seul sac. Qui ne contenait sans doute que sa robe de bal. De toute évidence, elle n'emportait aucun des vêtements achetés depuis son arrivée. Eh bien, ils lui serviraient de souvenirs. Quand il se réveillerait la nuit en se demandant si tout n'avait pas été un rêve, il pourrait regarder les vêtements et avoir la confirmation que pendant quelque temps il avait eu Beatrice dans sa vie. Et il pourrait la garder plus longtemps, se dit-il en la regardant approcher. Il suffirait de lui demander d'être patiente. De lui laisser le temps de voir s'il pouvait l'aimer. Sauf qu'il connaissait la réponse. Aimer Beatrice, il le pouvait. Mais il ne voulait pas qu'elle l'aime. Il refusait que son bonheur dépende de lui. Il était incapable de protéger les gens qui dépendaient de lui. Il l'avait prouvé. Risquer de gâcher la vie de Beatrice ? Non. Il ne le supporterait pas.

— Armandos va t'emmener à l'aéroport, dit-il quand elle arriva à sa hauteur. À moins que tu ne veuilles que je t'accompagne ?

— Je préfère y aller seule, répliqua-t-elle avec un sourire factice. Merci.

Toujours polie, songea-t-il, le cœur serré.

— Beatrice ?

Il ne savait pas quoi lui dire… Mais la laisser partir sans un mot ? Non.

— Merci pour tout. Avec Danica.

Elle posa les yeux sur son épaule.

— J'ai aimé passer du temps avec elle.

Sa lèvre inférieure se mit à trembler. Il s'empressa d'ouvrir la porte de l'hélicoptère. Elle voulait juste s'échapper. La retenir ici pour bavarder ne lui rendait pas service. C'était une très mauvaise idée. Et une preuve supplémentaire de son incapacité à être l'homme dont elle avait besoin.

Bea était dans le brouillard. Elle parvint quand même à acheter un billet pour le prochain vol pour Londres. Elle s'apprêtait à envoyer un texto à Amy pour lui annoncer qu'elle rentrait, mais elle se ravisa. Pour la première fois de sa vie elle n'avait pas envie de parler à ses amies. Surtout d'Ares. Elle avait besoin d'être seule. Personne ne l'attendait à Londres avant plusieurs jours. Elle allait rentrer discrètement chez elle et se cacher le temps de retrouver un semblant d'énergie.

Le coucher du soleil était magnifique. Ares le contemplait le cœur serré. Dommage que Bea ne soit pas là. Elle aurait beaucoup apprécié le spectacle. Dire qu'ils n'assisteraient plus jamais au coucher du soleil ensemble... Elle n'avait pas envoyé de texto pour dire qu'elle était bien arrivée. Étant donné l'absence de nouvelles concernant un crash aérien ou le kidnapping d'une juriste de vingt-neuf ans, il fallait en conclure qu'elle avait bien atterri à Londres et qu'elle avait choisi de ne pas l'en informer. Sage décision. Mais il aurait quand même aimé savoir si elle allait bien.

Deux jours après le départ de Bea, Ellen s'installa à la villa pour pouvoir s'occuper de Danica à tout moment.

Ares en profita pour quitter Porto Heli, où tout lui rappelait Beatrice. Il fallait à tout prix qu'il prenne ses distances.

14.

— Oh ! mon Dieu !

Bea regarda avec consternation la tache de café au lait qui se répandait sur une chemise blanche. Le cœur battant à tout rompre, elle leva encore un peu les yeux. Oui, pas de doute, sûrement dans un univers parallèle, Beatrice Jones avait de nouveau réussi à renverser son café sur le torse d'Ares Lykaios.

Ça n'avait aucun sens… Elle avait à peine dormi depuis son retour d'Athènes, quatre jours plus tôt. Elle vivait d'un curieux mélange de séries Netflix et de cafés, qu'elle achetait à la cafétéria située au rez-de-chaussée de son immeuble. Le café numéro quatre de la journée venait de se répandre en partie sur le torse du seul homme qu'elle avait jamais aimé. *Oh ! non…* Elle avait une allure épouvantable. Quand avait-elle pris une douche pour la dernière fois ? Sa queue-de-cheval ne ressemblait à rien et elle avait renoncé au maquillage depuis son arrivée.

— Beatrice.

La voix profonde fit courir des frissons dans tout son corps.

— Que fais-tu ici ?

— Je suis venu te voir.

Manifestement. Sinon pourquoi se trouverait-il précisément dans cette cafétéria de Londres ?

— C'est Danica ? demanda-t-elle, soudain inquiète.

— Danica va bien. Elle est… à la maison avec Ellen.

La mine d'Ares était sombre.

— Oh ! tant mieux.

— Je peux entrer ?

Il indiqua la porte de l'immeuble. Elle la fixa, prise de panique. Et secoua instinctivement la tête.

— Juste un instant.

Toujours aussi autoritaire… Elle soupira et se dirigea vers la porte. Elle était capable de contrôler la situation. Et de masquer sa souffrance. Son amour-propre l'aiderait à tenir bon jusqu'à ce qu'il s'en aille. En même temps, ce serait tellement bien s'il restait…

— Comment as-tu trouvé mon adresse ?

— Ce n'était pas très difficile.

Bien sûr. Pour un homme comme Ares Lykaios rien n'était difficile. Devant la porte de son appartement elle eut une hésitation.

— Deux minutes, dit-il d'une voix ferme.

Elle resta immobile. Il lui prit les clés des mains et ouvrit. Dans le salon elle lui indiqua un siège sans lui offrir un verre, puis elle gagna la cuisine ouverte. Elle déposa le gobelet presque vide dans l'évier, puis elle se lava les mains avant d'insérer une dose dans sa machine. Quand elle se retourna, le regard d'Ares était fixé sur elle. Son cœur fit un bond dans sa poitrine et elle se hérissa.

— Que fais-tu ici ? demanda-t-elle d'une voix rauque.

La machine à café s'arrêta. Il pinça les lèvres.

— Je n'arrive pas à dormir.

Elle arqua les sourcils, interloquée.

— Tu devrais aller voir un médecin.

— Ça ne servirait à rien.

— Je suis sûre que si.

Il secoua la tête.

— À chaque fois que je ferme les yeux, je vois ton visage, le jour de ton départ de Grèce. Je vois ton regard quand tu m'as dit que tu m'aimais et que je ne t'ai pas dit que c'était réciproque. Et j'ai l'impression qu'on m'enfonce quelque chose dans la poitrine, un poignard ou quelque chose comme ça. Et puis je me réveille de nouveau. J'ai… j'ai juste besoin de savoir que tu vas bien. C'est tout.

Le cœur battant, elle se détourna sous prétexte de prendre son café. Et se réjouit de ne pas lui en avoir proposé un. Complètement infantile, mais tant pis.

— Ça va, répliqua-t-elle d'un ton neutre.

Il scruta son visage.

Va-t'en, s'il te plaît.

— Très bien. Parfait. Je… je suis heureux.

Il pivota et fit deux pas vers la porte. Puis il s'immobilisa avec un grognement de frustration et se retourna vers elle. Il la fixa longuement en silence. L'air se chargea peu à peu d'électricité et tout à coup il laissa échapper un juron grec retentissant qui résonna dans la cuisine et le salon. Elle resta muette, incapable de prononcer un mot.

— Je ne peux pas être l'homme que tu voudrais. Sais-tu à quel point j'ai envie de te donner ce que tu attends ?

Il s'avança vers elle à grands pas.

— Ce n'est pas que je ne t'aime pas.

Elle faillit s'étrangler.

— Je ne veux pas que tu m'aimes. J'ai besoin que tu arrêtes. Dis-moi que c'était une erreur. Que tu t'es trompée. Je ne supporte pas cette idée.

Ares attendit, les yeux fixés sur Beatrice, le regard suppliant. Il ne pouvait pas vivre dans un monde où elle l'aimait. Le risque de la décevoir, de la faire souffrir d'une façon ou d'une autre, était son pire cauchemar. Bon sang, il l'avait déjà fait souffrir et il continuait aujourd'hui, plusieurs jours après cette conversation désastreuse. Elle n'allait pas bien.

— Ce n'était pas une erreur. Et je n'ai pas de regrets.

La main de Beatrice effleura son torse.

— Je t'aimerai toujours. Et même si c'est très douloureux pour l'instant je suis reconnaissante. Je n'avais jamais imaginé que je pourrais tomber amoureuse. Je n'échangerai l'expérience d'être tombée amoureuse de toi contre rien au monde. Les semaines que nous avons passées ensemble ont été les plus belles de ma vie.

Il ferma les yeux. Pourquoi le monde semblait-il basculer sous ses pieds ? Pourquoi ses vieilles certitudes semblaient-elles s'effriter ?

— Tu ne vois pas que tu es tiré d'affaire, Ares ? Arrête de culpabiliser. Rien ne t'oblige à m'aimer. Le seul fait d'avoir passé ce temps avec toi est un cadeau.

Une larme coula sur la joue de Beatrice.

— Pour l'instant je ne vais pas bien, mais ça va s'arranger. La souffrance s'estompera et il me restera les souvenirs. De bons souvenirs pour la plupart.

Il déglutit péniblement. Si seulement il parvenait à surmonter ses peurs et à accepter son amour… Mais la vie l'avait rendu prudent. Le cœur de Beatrice n'était peut-être pas brisé malgré tout ce qu'elle avait enduré, mais il craignait que le sien le soit. Oui, mais elle avait eu le courage de regarder ses sentiments en face et de les lui avouer. Ne méritait-elle pas la même chose en retour ?

— Je n'ai jamais connu quelqu'un comme toi. J'avais prévu de quitter Londres après ma réunion avec Clare, tu sais. Mais je t'ai rencontrée et tu m'as suggéré de revenir le lendemain et j'ai inventé toutes les excuses possibles pour te revoir. Tu m'as ensorcelé dès le premier jour.

Beatrice le regardait d'un air incrédule.

— Tu n'étais pas du tout impressionné.

— J'étais fasciné. Pourquoi crois-tu que je t'ai demandé de m'accompagner au bal ?

— Pour ne pas arriver seul.

— Je vais tout le temps seul dans des soirées de ce genre. Mon ego n'est pas si fragile, Beatrice. Je peux supporter d'être photographié sans une créature glamour au bras. Non, ce n'était pas ça.

— Quoi donc, alors ?

— Je voulais juste être avec toi. Coucher avec toi.

— Et si Cassandra n'avait pas démissionné nous aurions couché ensemble, et tu m'aurais oubliée une semaine plus tard ?

— Je ne pense pas. J'étais déjà fou amoureux de toi. Quand je repense à tout ce que je t'ai dit ce soir-là, aux menaces que je t'ai lancées… J'étais terrifié à l'idée de te perdre. Je n'oublierai jamais ce que tu m'as dit. Que si je te l'avais demandé tout simplement tu serais restée. Je n'avais jamais rencontré quelqu'un comme toi. Généreuse, compatissante, avec tellement d'amour dans le cœur que tu voulais le distribuer autour de toi.

Un sanglot étouffé s'échappa de la gorge de Bea.

— Je t'aime depuis le jour de notre rencontre, je pense, mais je ne sais pas comment t'aimer. Je ne sais pas comment te mériter.

Beatrice appuya le front contre son torse et pleura un instant en silence. Puis elle se redressa et le regarda en secouant la tête.

— Quel idiot tu es…

Il arqua les sourcils, décontenancé.

— Comment fais-tu pour ne pas te voir tel que tu es ? Tu répètes que tu n'es pas à la hauteur avec les gens qui dépendent de toi, mais moi je vois tout le contraire. Je vois un adolescent qui a dû s'occuper de sa mère et élever son frère. Dont tu prends toujours soin aujourd'hui. Et Danica, je t'ai vu avec elle, affectueux, prêt à tout pour la protéger, le cœur débordant d'amour pour elle. Tu veux savoir comment être l'homme que je mérite ? En ne changeant rien. Reste comme tu es. Aujourd'hui tu es venu m'avouer ce que tu ressens, alors que c'est une démarche très difficile. J'ai confiance en toi. Je sais que tu agiras toujours honorablement avec moi. Ce qui ne veut pas dire que je ne souffrirai jamais plus ni que tu peux me protéger de tous les coups durs qui peuvent survenir dans ma vie. Mais, quoi qu'il arrive, je veux le vivre avec toi.

— Et si…

— Et si quoi ? La vie est pleine de « et si ». Le seul qui compte pour l'instant c'est celui-ci : Et si tu partais d'ici aujourd'hui et que nous ne nous revoyions plus jamais ? Serais-tu capable de vivre avec ça ?

Un grand froid envahit Ares.

— Absolument pas.

Bea laissa échapper un petit rire tremblant mais joyeux.

— Tu as raison. Je suis un idiot. Je ne peux pas, je ne veux pas vivre sans toi. Ma première impulsion l'autre soir a été de te kidnapper, de t'emmener chez moi et de t'y garder aussi longtemps que possible. Et c'était la bonne.

Le cœur de Bea se gonfla d'une joie indicible. « Chez moi », c'était ce qu'elle ruminait depuis des jours. Porto Heli était devenu une part d'elle-même sans qu'elle s'en rende compte, en raison de l'homme qui vivait là-bas.

— Je suis d'accord pour me laisser kidnapper, dit-elle avec un sourire radieux. Mais pas tout de suite. Il faut que j'annonce aux filles que je m'installe en Grèce…

— Oh. Nous pouvons aussi vivre ici. Ça m'est égal.

Elle pouffa.

— Pas à moi. Je veux rentrer chez nous. Donne-moi une semaine, d'accord ?

Il se passa beaucoup de choses en une semaine. Beatrice n'était pas la seule dont la vie avait pris un virage inattendu. Amy et Clare avaient elles aussi des révélations à faire. Les soirées et les réunions de travail se multiplièrent en vue d'une restructuration de London Connection, pour permettre aux trois amies de poursuivre leur collaboration tout en vivant dans différents endroits du monde. Parce que, quoi qu'il arrive, les liens amicaux et professionnels qui les unissaient ne se dénoueraient jamais.

Épilogue

— Enchanté de vous rencontrer, déclara Matthaios avec un large sourire en prenant Bea dans ses bras et en l'embrassant sur les deux joues.

Après plusieurs semaines de cure, il était sobre et prêt à faire le nécessaire pour le rester toute sa vie.

Entre eux, Danica tendit les bras vers Matthaios avec un cri joyeux, avant de fondre en larmes.

— Oh ! quelle émotion ! Elle est tellement heureuse de vous voir !

Les yeux de Bea s'embuèrent alors que Matthaios serrait sa fille contre sa poitrine en lui parlant en grec dans un murmure débordant de tendresse. Ares prit Bea par la taille et l'attira contre lui. Ils étaient chez eux.

— Elle n'arrête pas de pleurer, dit Matthaios d'un ton anxieux en scrutant le visage du bébé.

— C'est l'émotion, dit Bea. Elle n'a pas d'autre moyen de l'exprimer. Ce sont des larmes de joie, je vous le promets.

Il embrassa Danica sur le crâne.

— Tu m'as manqué aussi, petit chou.

Il leva les yeux vers Bea et Ares.

— Merci à tous les deux. Je promets que je ne la laisserai plus jamais tomber.

— Je te crois, dit Ares. Mais nous sommes toujours là pour toi, si un jour tu as besoin de nous.

Plus tard, alors que Danica faisait la sieste et que Bea était montée se changer pour le bain prévu en compagnie d'Ares en fin d'après-midi, Matthaios demanda à Ares :

— C'est sérieux entre vous ?

Ares hocha la tête.

— Qu'en penses-tu ?

Matthaios eut un sourire entendu.

— Je pense que tu es fou d'elle et j'en suis ravi. Je ne t'ai jamais vu comme ça.

— Je n'ai jamais été comme ça. Je l'aime, affirma Ares.

— Ça se voit.

Le dire à son frère et recevoir son approbation était primordial pour Ares.

— J'étais sérieux tout à l'heure, Matt. Je suis là pour toi. Si tu as besoin de quoi que ce soit…

— J'apprécie beaucoup, mais j'ai déjà eu beaucoup trop souvent besoin de toi. Il est temps pour toi de vivre ta vie sans t'inquiéter pour moi.

— Je ne m'inquiète pas, répliqua Ares avec sincérité. Je suis fier. Affronter ses démons est difficile et tu l'as déjà fait deux fois. Je te considère comme un super-héros. Mais même les super-héros peuvent avoir des moments de faiblesse. Si jamais ça t'arrive, tu sais que je suis là.

Matthaios hocha la tête.

— Je sais. Mais cette fois c'est différent. Je me sens différent. Et je ne prendrai plus jamais le risque de faire souffrir Danica. Je ne deviendrai pas comme *mamá*. J'ai hâte de reprendre ma vie, de me remettre au travail. Il faut que je sois quelqu'un dont Ingrid aurait été fière. Je le lui dois.

— Oui, c'est vrai, Matt, acquiesça Ares.

Il comprenait enfin ce que c'était d'aimer quelqu'un et d'être changé par cet amour.

— Excusez-moi.

Ares se tourna vers Ellen et Matt lui jeta un coup d'œil.

— Bea m'a dit que vous vouliez être prévenu quand Danica serait réveillée. C'est l'heure de son bain.

— Et vous êtes ? demanda Matt en se levant.

— Je te présente Ellen, dit Ares en se levant à son tour. Je t'ai parlé d'elle.

— Je me souviens, répliqua Matt en tendant la main à Ellen. Merci pour tout ce que vous avez fait. Je vous suis très reconnaissant.

— C'est un plaisir. Danica est adorable. Elle va me manquer.

Tandis que son frère et Ellen s'éloignaient, Ares se rassit sur la terrasse et contempla la mer. La vie était pleine d'imprévus. Un rendez-vous de travail manqué au milieu d'une des semaines les plus stressantes de sa vie avait mis sur son chemin la femme de ses rêves.

Le soleil était bas dans le ciel, mais l'eau était encore chaude. Bea s'accrochait à Ares, les jambes nouées sur ses reins et les bras sur sa nuque. Sourire aux lèvres elle savourait son bonheur.

— Ils semblaient si bien ensemble, dit-elle en pensant à Matthaios et Danica. Il était vraiment à l'aise avec elle.

— J'ai remarqué aussi, approuva Ares.

— Il sait qu'il peut rester avec nous aussi longtemps qu'il le souhaite, n'est-ce pas ?

Ares hocha la tête.

— Il est impatient de retourner à Athènes pour reprendre sa vie. Son entreprise a été gérée en son absence par son directeur financier, mais ça ne peut pas durer éternellement.

— Laisse-moi deviner. Il partage avec toi le gène du chef d'entreprise qui veut tout contrôler ?

— J'espère que ce n'est pas un reproche, Beatrice Jones ?

— Absolument pas.

Elle lui lança un regard faussement innocent.

— Il se trouve que j'aime bien quand tu prends le contrôle de la situation.

— Heureux de l'entendre. Tu sais, quand nous nous

sommes rencontrés, tu m'as dit que tu n'avais pas l'intention de te marier.

— Ah bon ?

— Sur le moment je n'y ai pas prêté grande attention. Je croyais penser la même chose.

— Et ce n'est pas le cas ?

Il secoua lentement la tête et plongea son regard dans le sien.

— Non. Depuis que je te connais, je me suis rendu compte que je pense exactement le contraire. Et je me demande si je ne pourrais pas essayer de te faire changer d'avis.

Elle se mordit la lèvre inférieure.

— Dans quel but ?

— Afin que nous puissions nous promettre devant nos amis et nos parents de passer le reste de notre vie ensemble. Qu'en penses-tu ?

— Tu me demandes en mariage ?

— Oui.

Bea pouffa, le cœur gonflé de joie. Nul doute qu'il était prêt à tout pour qu'elle accepte. Le taquiner un peu était très tentant…

— Cela nécessiterait la rédaction d'un nouveau contrat.

— Bien sûr. Je n'en attendais pas moins. Quelles conditions, cette fois ?

— Voyons… Café au lit tous les matins ?

— Accordé. Quoi d'autre ?

— Une vie entière de bonheur ?

— Sans se quitter.

— Voir ma famille aussi peu souvent que possible ?

Il éclata de rire.

— Un Noël sur deux, ajouta-t-elle

— Excellent. Et voir très souvent Matthaios et Danica.

— Et Clare et Amy.

— Et un jour des enfants à nous ? suggéra-t-il d'un air songeur, comme s'il était surpris de se découvrir cette envie.

— Absolument. Tu sais, toute ma vie je me suis sentie

rejetée et jamais à ma place nulle part. J'ignorais juste que l'homme auprès de qui était ma place et l'endroit où je me sentirais chez moi n'étaient pas encore entrés dans ma vie.

— Et moi je t'attendais sans le savoir.

Ils échangèrent un regard complice.

— Je considère ça comme un oui, dit-il en appuyant le front contre le sien.

— Oh ! c'est un oui, en effet, répondit-elle dans un souffle avant de l'embrasser. Ou plutôt un millier de oui.

Deux ans plus tard…

— Vous n'étiez pas obligés de venir. Je sais que vous êtes très pris ! s'exclama Bea avec un large sourire en tendant la main à Luca et à Amy.

Il n'avait jamais vu personne d'aussi splendide que sa femme à ce moment précis, songea Ares en couvant Bea d'un regard ébloui. Avec son visage encore rouge après l'effort et sa queue-de-cheval un peu bancale, elle était sublime. Il fallait absolument la prendre en photo.

— Comme si nous allions manquer ça ! répliqua Amy.

Luca se pencha pour embrasser Bea puis tendit la main à Ares. Les deux hommes étaient devenus très amis au fil du temps et ils travaillaient même ensemble sur un projet d'usine d'éoliennes en Afrique du Sud.

— Ça, c'est pour toi, dit Amy en tendant à Bea une énorme boîte de ses truffes au chocolat favorites. Je sais, c'est sans doute la dernière chose que tu as en tête pour l'instant, mais plus tard ce soir tu auras peut-être envie de te faire plaisir.

Les yeux de Bea se noyèrent de larmes – un trop-plein d'émotion et d'hormones.

— Merci, Ames. C'est parfait.

— Où est-il ? Où est mon filleul ? lança Clare en faisant irruption dans la pièce, les yeux brillants.

— *Notre* filleul, rectifia Amy en la serrant dans ses bras.

Dev arriva juste derrière Clare.

— Il est ici, intervint Ares en se tournant vers le minuscule bébé qui dormait dans un petit berceau à côté du lit de Bea.

À la vue de leur fils, il fut submergé par un amour si puissant qu'il en vacilla sur ses jambes.

— Je veux le voir, je veux le voir ! cria Clare en tapant des mains. Oh ! mon Dieu, il est parfait, Bea. Beau travail, *mamá*.

Bea se renversa contre les oreillers, rayonnante.

— Il est très mignon, commenta Dev en serrant la main d'Ares. Il doit tenir de sa mère.

Ares pouffa.

— J'espère qu'il aura tout hérité d'elle. Comme ça, il sera la perfection incarnée.

Clare et Amy échangèrent un regard amusé, mais Bea n'avait d'yeux que pour son mari.

— J'ai croisé les jumelles, en bas, déclara Clare en s'approchant de Bea.

— Quelles jumelles ?

— Tes sœurs.

— Oh !

Bea lança un coup d'œil à Ares.

— Maman a dû les prévenir.

— Tu veux que je leur demande de revenir demain ? demanda Amy.

Bea réfléchit un instant puis secoua la tête.

— Non. Elles sont ici et c'est quelque chose que je n'aurais jamais pu imaginer. Peut-être qu'aujourd'hui est un jour de nouveaux départs.

— Elles commandaient un café quand nous les avons croisées. À mon avis tu as un petit moment avant qu'elles arrivent.

— Je vais leur dire de ne pas rester trop longtemps,

annonça Ares en posant la main sur l'épaule de Bea. Tu dois être épuisée. Et tu as déjà eu Matt.

— C'est vrai que la matinée a été très animée, acquiesça Bea.

Mais elle était si heureuse… Et voir Danica avec son petit cousin lui avait fait chaud au cœur. Elle aimait leur fils de toute son âme, bien sûr, mais Danica occuperait toujours une place très spéciale dans son cœur. Elle continuait de passer autant de temps que possible avec sa nièce et elle savait que c'était pour toujours.

Quelques instants plus tard, alors que ses amies étaient parties, Bea se retrouva seule dans la chambre avec Ares et leur fils.

— Je t'aime, dit-elle à son mari, juste avant que ses paupières se ferment.

— Je t'aime, répondit-il en déposant un baiser sur son front.

Puis il retourna auprès de leur bébé endormi, l'enfant né de leur amour.

Vous avez aimé ce roman ?
Retrouvez en numérique le précédent volet des
« Relations privées » :

1. *Honneur ou scandale,* Dani Collins
2. *Minuit à Venise,* Clare Connelly

Et découvrez la suite de votre série
dès le mois prochain dans votre collection Azur !
Un roman de Tara Pammi.

Retrouvez prochainement,
dans votre collection

AZUR

Secrétaire ou princesse, d'Emmy Grayson - N°4620

Enceinte. Clara peine à croire le résultat qui s'affiche en lettres de feu sur son test de grossesse. Quelques semaines plus tôt, elle a perdu la raison entre les bras d'Alaric Van Ambrose et voilà qu'elle doit en assumer les conséquences. Sauf que son amant d'une nuit n'est autre que son patron – un prince de surcroît ! Alors qu'elle se désespère de cette situation inattendue, Alaric lui fait une proposition aussi folle que séduisante : quitter son poste de secrétaire pour devenir sa princesse…

La trahison d'un Italien, d'Annie West - N°4621

Dans la suite nuptiale de l'hôtel le plus prestigieux de Rome, Ida rejoint le cœur battant son tout nouvel époux. Et dire que Cesare Brunetti l'a choisie, elle, parmi toutes ces aristocrates qui lui tournaient autour ! Troublée à la perspective de sa nuit de noces avec le sublime héritier, elle déchante quand ce dernier lui révèle tout le mépris qu'il a pour elle. Sans le savoir, Ida s'est unie à l'ennemi juré de sa famille. Et, pour échapper à une vie de souffrance, il ne lui reste plus qu'une option : fuir…

Scandaleuse nuit au palais, de Maya Blake - N°4622

Douze ans plus tôt, le cheikh Tahir a failli perdre son trône et son honneur pour une femme. Mais, alors qu'il a tout fait depuis pour l'oublier, voilà que se présente aujourd'hui devant lui Lauren Winchester. La belle a gardé le pouvoir de le troubler, comprend-il aussitôt, avant de se ressaisir. Si Lauren se trouve dans son palais, c'est pour lui demander son aide, or Tahir compte profiter de cet avantage pour clore enfin leur histoire au goût d'inachevé…

La mémoire des sens, de Rebecca Winters - N°4623

Luna est bouleversée. Son époux, le prince Rinieri Baldasseri, qu'elle croyait mort à la suite d'un tremblement de terre, est vivant ! Alors qu'elle émerge d'un long cauchemar, un nouveau coup vient la frapper de plein fouet : Rini l'a oubliée. Envolés, leurs moments complices, leurs nuits torrides… Incapable de renoncer à leur bonheur passé, Luna ramène Rini chez eux, au palais de San Vitano, avec l'espoir secret de raviver en lui la flamme de la passion pour que renaissent leurs souvenirs…

Un dangereux aveu, de Julia James - N°4624

« Si quelqu'un a une raison de s'opposer à cette union, qu'il parle maintenant ou se taise à jamais. » Les mots du prêtre résonnent dans l'église médiévale italienne, tandis qu'Ariana se lève pour interrompre la noce. Face à une assistance médusée, elle révèle alors attendre un enfant de Luca Farnese, le futur marié ! Le scandale est immédiat, retentissant, mais il paraît moins dangereux à Ariana que le regard noir de l'homme qui fut son amant avant d'être son ennemi…

Une alliance avec Gianni Renzetti, de Lynne Graham - N°4625

Leur alliance sauverait Josephine de la ruine, et son ami d'enfance du scandale. Doit-elle néanmoins accepter d'épouser ce dernier ? Certes, Gianni Renzetti lui permettrait de conserver le domaine familial de Ladymead, mais il n'est pas un homme pour elle. Depuis toujours, il conquiert le monde et les femmes, tandis qu'elle aspire à une vie calme et rangée. Hélas, Josephine est dans l'impasse. Comment pourrait-elle dire non à Gianni alors qu'il tient entre ses mains son avenir… et son cœur ?

La belle et le ténébreux, de Clare Connelly - N°4626

Depuis six ans, Thirio Skartos mène une vie de reclus, au sein de son château perdu dans les Alpes. Ainsi coupé du monde de débauche dans lequel il s'est perdu autrefois, il espère expier ses fautes. Jusqu'au jour où la tentation vient frapper à sa porte, sous les traits d'une délicate créature prénommée Lucinda. D'abord furieux d'être dérangé dans son antre, il ne peut s'empêcher d'être séduit par la belle. Au point de rompre son vœu de solitude pour explorer avec elle le désir qui les pousse l'un vers l'autre…

Le milliardaire sans limites, de Lucy King - N°4627

SÉRIE : *LES FILS PERDUS D'ARGENTINE* - 3/3

Il n'a aucune limite. Elle n'aura aucune échappatoire… Le milliardaire Max Kentala joue selon ses propres règles et ne laisse personne se mettre en travers de son chemin. Aussi est-il d'abord méfiant à l'égard de la détective privée qui débarque dans son existence pour lui révéler le mystère de ses origines. Pourtant, seul avec la tenace Alexandra Osborne aux Caraïbes, il sent le désir le gagner et sa raison fléchir. Et, bientôt, Max ne songe plus qu'à conquérir la belle intruse…

Le yacht de la passion, de Tara Pammi - N°4628

SÉRIE : *RELATIONS PRIVÉES* - 3/3

Après avoir fui un mariage forcé, Clare trouve refuge… sur un yacht. Comme si la situation pouvait être pire, elle découvre que le propriétaire du luxueux bateau n'est autre que Dev Kohli, le milliardaire avec lequel elle s'est abandonnée à la passion autrefois. À mesure qu'elle vogue à ses côtés vers une destination paradisiaque, Clare se demande si en échappant à son destin elle ne s'est pas exposée à un danger plus grand encore – celui de tomber amoureuse d'un homme avec qui elle n'a aucun avenir…

Liaison grecque, de Jennifer Faye - N°4629

Depuis leur rencontre, Adara et Krystof entretiennent une liaison torride – et sans engagement. Mais Adara finit par se lasser de ces rendez-vous trop brefs et met fin à leur histoire vouée à l'échec. Jusqu'à ce qu'elle retrouve Krystof sur une île privée grecque, pour y préparer avec lui le mariage de leurs meilleurs amis. Dans ce cadre enchanteur, les derniers vestiges de sa raison s'évanouissent pour laisser libre cours à une passion dévorante…

L'empreinte du désir, de Heidi Rice - N°4630

Xanthe est troublée : pour récupérer l'héritage qui lui permettra de sauver son entreprise, elle n'a d'autre choix que d'aller à la rencontre de Dane Redmond, son mari, et de lui faire signer une fois pour toutes les papiers de leur divorce… Si l'idée de revoir celui qui l'a brutalement quittée dix ans plus tôt ne l'effraie pas – ne s'est-elle pas affranchie de son joug, en devenant une femme d'affaires accomplie ? –, elle comprend pourtant, lorsqu'elle pénètre dans le majestueux bureau de Dane, que les choses ne seront pas si simples. Car, à la seconde où leurs regards se croisent, elle se sent chavirer de désir…

VOTRE COLLECTION PRÉFÉRÉE DIRECTEMENT CHEZ VOUS

Vous souhaitez découvrir nos collections ? Une fois votre 1er colis à prix mini reçu, si vous souhaitez continuer à recevoir nos livres, cela se fera automatiquement. Vous n'avez aucune obligation d'achat et cette offre est sans engagement de durée !

Dans votre 1er colis, 2 livres au prix d'un seul
+ en cadeau le 1er tome de la saga *La couronne de Santina*.
8 tomes sont à collectionner !

☛ COCHEZ la collection choisie et renvoyez cette page au
Service Lectrices Harlequin – CS 20008 – 59718 Lille Cedex 9 – France

Collections	Prix 1er colis	Réf.	Prix abonnement (frais de port compris)
❑ **AZUR**	4,75€	AZ1406	6 livres par mois 31,49€
❑ **BLANCHE**	7,30€	BL1603	3 livres par mois 25,15€
❑ **LES HISTORIQUES**	7,30€	LH1202	2 livres par mois 17,69€
❑ **PASSIONS**	7,80€	PS0903	3 livres par mois 26,79€
❑ **BLACK ROSE**	7,90€	BR0013	3 livres par mois 27,09€
❑ **HARMONY***	5,99€	HA0513	3 livres par mois 20,76€
❑ **SAGAS***	7,99€	SG2303	3 livres tous les 2 mois, 29,46€
❑ **VICTORIA**	7,80€	VI2115	5 livres tous les 2 mois 42,59€
❑ **GENTLEMEN***	7,50€	GT2022	2 livres tous les 2 mois 17,95€
❑ **NORA ROBERTS***	7,90€	NR2402	2 livres tous les 2 mois prix variable**
❑ **HORS-SÉRIE***	7,70€	HS2812	2 livres tous les 2 mois 18,65€

*livres réédités / **entre 18,45€ et 18,85€ suivant le prix des livres

F23PDFM

N° d'abonnée Harlequin (si vous en avez un) |_|_|_|_|_|_|_|_|

Mme ❑ Mlle ❑ Nom : ____________________

Prénom : ____________________ Adresse : ____________________

____

Code Postal : |_|_|_|_|_| Ville : ____________________

Pays : ____________________ Tél. : |_|_|_|_|_|_|_|_|_|_|

E-mail : ____________________

Date de naissance : ____________________

Date limite : 31 décembre 2023. Vous recevrez votre colis environ 20 jours après réception de ce bon. Offre soumise à acceptation et réservée aux personnes majeures, résidant en France métropolitaine, dans la limite des stocks disponibles. Prix susceptibles de modification en cours d'année. Vous pouvez demander à accéder à vos données personnelles, à les rectifier ou à les effacer. Il vous suffit de nous écrire en nous indiquant vos nom, prénom et adresse à : Service Lectrices Harlequin CS 20008 59718 LILLE Cedex 9. Service Lectrices disponible du lundi au vendredi de 9h à 17h : 01 45 82 47 47.